O texto deste libro é unha edición anovada do que anteriormente se publicou co título *Avenida do Parque, 17*

Colección ao coidado de: Helena Pérez

Coordinación editorial e maquetación: Helena Pérez
Ilustración cuberta: Patricia Castelao
Deseño cuberta: Miguel Vigo
Produción: Xosé M. García Crego

1.ª edición: outubro, 2012
2.ª edición: maio, 2013
3.ª edición: marzo, 2014

Dr. Marañón, 12. 36211 VIGO

xerais@xerais.es
http://www.xerais.es
http://blog.xerais.es

ISBN: 978-84-9914-437-5
Depósito legal: VG 512-2012

merlín

Malos tempos para os fantasmas

Agustín Fernández Paz

Ilustracións de **Patricia Castelao**

XERAIS

Para Mariña, coa lembranza
do noso primeiro ano en Vigo.

I
Tempo de mudanzas

Clara aparcou o coche á dereita do enorme camión das mudanzas. Despois mirou para a súa filla e, con aire alegre, díxolle:

—Velaí temos a nosa nova casa. ¿Que che parece?

Marta non contestou á pregunta da súa nai, limitouse a ollala con expresión expectante. Baixou axiña do coche e quedou parada ante o casarón que se alzaba, solitario, fronte a ela. Eran as primeiras horas da tarde, e o sol de agosto iluminaba intensamente o xardín, o soportal e o edificio enteiro. Resultaba difícil imaxinar que nun lugar así puidesen ocorrer os estraños sucesos dos que falara o seu pai, historias que lle deixaran unha mestura de curiosidade e desacougo no seu interior.

Desde fóra a casa pareceulle inmensa, e aínda llo pareceu máis cando, seguindo os pasos de Clara, subiu as escaleiras do soportal e entrou no amplo recibidor. César, o seu pai, xa se atopaba alí, xunto cos operarios da empresa de mudanzas, que case remataran de baleirar a carga que trouxeran no camión. Os mobles, as caixas e os paquetes amoreábanse por todos os lados e case non deixaban ver o chan. Marta e a súa nai tiveron que moverse sorteando os vultos, coma quen percorre os estreitos carreiros dun labirinto, para chegaren ás escaleiras que, desde o recibidor, levaban ao piso de arriba.

As escaleiras remataban nun espazo semicircular do que partían dous corredores orientados perpendicularmente. Clara, seguida sempre pola súa filla, camiñou con paso decidido ata unha porta situada ao final do corredor máis longo.

—Velaquí o teu cuarto –díxolle a Marta, detida ao seu carón–. ¿A que esperas? ¡Abre, veña!

A rapaza xirou o picaporte metálico e entrou nun cuarto amplo e luminoso, co teito moi alto e cun piso de vellas táboas de madeira vernizada. Fronte á porta había un gran balcón polo que

entraba a luz do sol, inundando o espazo cunha claridade que invitaba á alegría.

—¿Gústache o teu novo dormitorio? ¿Verdade que é bonito?

Clara ollaba para a súa filla, que ficara inmóbil no medio da estancia, sen saber que dicir, aínda que ben se lle notaba nos ollos a sorpresa agradable que levara. De seguida, engadiu:

—Eu baixo a axudarlle ao teu pai, que hai moito que colocar. E ti tamén tes que botarnos unha man; encárgate de que os da mudanza che suban para aquí os mobles e mais todas as caixas que leven o teu nome.

A nai marchou e Marta quedou soa no cuarto. Era moi espazoso, máis do dobre do que tiña no piso onde viviran ata daquela, e a sensación de amplitude víase reforzada pola ausencia de mobles. Sentou no chan e contemplou aquel recinto baleiro que ía ser o seu novo territorio. Era agradable sentir o contacto coas madeiras do piso, mornas pola calor do sol. Cos ollos pechados, Marta desexou intensamente ser feliz naquela nova etapa, tan chea de incertezas, que se abría ante ela.

Axiña tivo que interromper a súa meditación, porque os operarios comezaron a subir os trastes destinados aos cuartos de arriba. No seu dormitorio colocaron os mobles que xa tiña no piso de Pontebranca: a cama, coa mesa de noite e o armario; logo, a mesa de traballo, as dúas cadeiras e os módulos da libraría. Finalmente, a mesa co ordenador que pertencera á súa nai e que lle cederan a ela cando Clara mercou outro equipo máis potente. Os mobles, naquel espazo tan amplo, parecían moito máis pequenos que antes, coma se encollesen durante o traslado á nova casa.

Ademais, deixaron no cuarto seis caixas que levaban escrito o seu nome, MARTA, con grandes letras vermellas. As mesmas caixas que, só dous días antes, enchera coa axuda de Clara, nunha tarde amarga que prefería non lembrar. Nelas estaba a súa roupa, e os libros, e os vellos xoguetes de cando era pequena, ademais doutros obxectos que gardaba na casa de Pontebranca, o lugar onde viviran desde que tiña memoria.

Pasou o resto da tarde colocando cada cousa no seu novo lugar, con escapadas frecuentes aos outros cuartos da casa. Por todas partes reinaba a mesma desorde: caixas abertas, roupa por riba de mesas e cadeiras, montóns de libros, obxectos tirados nos lugares máis imprevisibles... Pouco a pouco, todo foi collendo o seu acomodo; á hora da cea xa estaba cada cousa no seu sitio e apenas quedaban algúns libros e carpetas ciscados polo chan.

Para celebralo, saíron a cear fóra; na neveira apenas había nada e, ademais, tiñan ganas de coñecer o lugar onde ían vivir. Colleron o coche e, en pouco menos dun cuarto de hora, chegaron ao centro da cidade. Cearon na terraza dun restaurante pequeno e acolledor, situado nunha praza onde medraban uns vedraños castiñeiros de Indias. Para Marta, comer fóra sempre era unha festa; ilusionáballe elixir entre todos os pratos da carta, imaxinar que sabores habería detrás de toda aquela ringleira de nomes, especialmente atractiva no apartado das sobremesas.

Durante a cea non parou de falar, o mesmo que os seus pais. Os tres parecían contaxiados pola excitación do cambio. César non deixaba de facer bromas sobre a casa, reiterando e ampliando as anécdotas que xa lles contara días atrás, cando formalizara o alugamento. A nai ría, e Marta tamén, aínda que por dentro non acababa de entender por que, habendo na cidade ben máis casas para escoller, os seus pais tiveran que elixir aquela da que se contaban tantas historias estrañas e inquietantes.

Cando rematou de colocar os libros nos estantes, Marta botoulle unha ollada ao reloxo que tiña sobre a mesa de noite. Pasaban uns minutos das once e media, era hora de ir pensando en durmir. Ben sabía que se debera ter deitado xa, sobrábanlle motivos para estar cansa, despois dun día de tanto boureo. Pero non tiña sono ningún e aínda sentía bulir por dentro a excitación que a acompañara desde pola mañá. Ademais, as historias que escoitara durante a cea resistíanse a abandonar a súa cabeza. «Papá fai chanza de todo, pero eu non lle vexo graza ningunha», pensou. «Oxalá sexa certo que non hai motivos para asustarse.»

Marta decidiu non facer caso da hora, a cama ben podía agardar outro pouco. Aínda escoitaba as voces dos pais, que debían de estar ocupados en gardar as últimas cousas. Pensou en ilos axudar, mais axiña desbotou a idea: habíana mandar de volta para o cuarto coa orde de durmir canto antes.

O mellor sería escribirlle a Milena. As promesas fanse para cumprilas, e Marta, ao despedírense, dixéralle que lle había escribir o mesmo día da mudanza. Ben mirado, aínda non era media noite; chegaba xusto a tempo de cumprir o prometido.

Colleu a carpeta onde gardaba as follas de papel de carta. Elixiu unhas dun xogo que lle regalaran o último Nadal, de cor azul pálida, nas que se adiviñaba un fondo de árbores e montes nevados. Acendeu a lámpada da mesa, colleu o bolígrafo e púxose a escribir.

6 agosto de 1996

Querida Milena:

¿Sabes que axiña darán as doce da noite? ¡Seguro que ti xa levas máis dunha hora durmindo! ¿E lembras que prometín escribirche ao chegar? Pois aquí me tes, disposta a contarche todo canto me pasou nestes dous días.

Xa estamos na casa nova. A noite pasada durmimos nun hotel, porque o camión das mudanzas non chegaba ata hoxe pola mañá. ¡Tiñas que ver como estaba todo cando entramos, case non se podía andar entre tantas caixas! ¡Non sabes ben o traballo que nos deu colocar cada cousa no seu sitio!

A casa é grande e moi bonita; ten un xardín pola parte de diante, seguro que che había gustar. Os meus pais din que foi unha sorte atopala, tan ben situada e a un prezo razoable. Está nas aforas da cidade, á beira dun parque moi extenso. Non hai outros edificios ao redor, desde o meu dormitorio non vexo máis que árbores. ¡É como estar no medio do campo!

A miña nai anda moi contenta porque aquí pode instalar o telescopio na terraza. De alugarmos un piso, di que non se verían ben as estrelas, pois na cidade hai moitas luces. Pero aquí, entre que estamos nas aforas e a carón do parque, a escuridade que hai agora aínda é maior que a das noites en Pontebranca.

Fáloche da escuridade e, sen querer, véñenme á cabeza as historias que me contou o meu pai. Xa sabes: a leria de que esta casa está enmeigada. Din que as familias que a ocuparon tiveron que soportar sucesos moi estraños: oían ruídos misteriosos, movíanselles os mobles, as luces apagábanse soas...

Papá fai burla desas historias, non cre nada do que lle contaron. Asegura que os fantasmas desapareceron cando se inventou a luz eléctrica, e que os fenómenos raros non son tal, senón temores que andan por dentro da xente. Será como el di, pero agora mesmo, ás doce da noite e con todo o parque ás escuras, tamén a min me entra algo de medo.

¡Vai ser mellor que che fale doutras cousas! Imos pasar aquí o resto do verán, non sei que vou facer tanto tempo soa. Mamá dime que teño que encontrar novas amigas, que me ha ser fácil cando empecen as clases e coñeza outras rapazas. Supoño que ten razón, e que as acabarei atopando. Pero novas amigas non quere dicir esquecer as que xa teño. Vouvos estrañar moito a todas as da panda, pero sobre todo a ti, que es a miña mellor amiga.

¡Xa pasa da unha! É moita hora de deitarme. Vou parar, non se me ocorre que máis contarche. ¡Debe de ser a carta máis longa que escribín na miña vida!

Moitos bicos da túa amiga.

MARTA

Marta elixiu un sobre que facía xogo co papel, a Milena habíalle gustar recibir unha carta tan bonita. Dobrou as follas e introduciunas no sobre; despois pasou a lingua polas beiras engomadas e pechouno. Finalmente, escribiu o nome e o domicilio da súa amiga e puxo no remitente o seu novo enderezo: *Avenida do Parque, 17*. Un enderezo que non era o que tantas veces escribira noutros sobres; en diante debía acostumarse a aquel novo, agardar a que, co paso dos días, se lle acabase por facer familiar.

Decidiu meterse na cama, aínda que o sono se empeñaba en non facer acto de presenza. Antes de deitarse, abriu as dúas follas do balcón e asomouse ao exterior. Era unha apracible noite de verán, sen nada de vento, e toda a extensión do parque aparecía iluminada pola claridade do luar. Máis alá, ao lonxe, brillaban as luces do centro da cidade. Mirou para o ceo, acolledor e cheo de estrelas. Contemplando aqueles puntos brillantes, desexou que a súa nai instalase axiña o telescopio na terraza. Iso axudaría a que a vida na nova casa se asemellase un pouco máis á que levaban en Pontebranca.

Despois dun anaco, Marta pechou o balcón e meteuse na cama. Colleu *O Hobbit*, a novela que empezara a outra noite, e estivo lendo ata notar que os ollos se lle pechaban e as palabras comezaban a bailar na páxina. Apagou a luz e dispúxose a durmir. Aínda non había cortinas, e esquecera baixar a persiana. A luz da lúa entraba a través dos vidros e as sombras das árbores metíanse ata o fondo do cuarto, coma se fosen estraños brazos quebrados.

Non puido evitar que, unha vez máis, lle viñesen á cabeza as historias que escoitara sobre a casa. ¿Por que non daba durmido, se tiña tanto sono? ¿Por que pola noite todo parecía máis terrible? «¡Oxalá fose xa de día!», pensou, mentres tentaba afastar aquela sensación de desacougo.

Cando xa estaba prendendo no sono, espertouna un ruído violento. Ao mesmo tempo, sentiu como unha corrente de aire frío lle percorría o rostro e a obrigaba a abrir os ollos. As dúas follas do balcón acababan de baterse con estrondo. «O vento», pensou Marta, unha vez que se decatou do que pasara. «Seguro que antes deixei o balcón mal pechado, e o vento abriuno de repente.»

Pero o medo volvía roldar pola súa cabeza. Tratou de tranquilizarse, de refrear o corazón que lle latexaba veloz dentro do peito. Unha forte inquietude instalouse dentro dela, unida á

certeza de que estaba soa naquel cuarto, naquela casa, naquela cidade descoñecida. Sentiu que lle viñan unhas intensas ganas de chorar, mais axiña se sobrepuxo; non debía deixarse dominar por medos ridículos, estaba claro que todo era obra do vento.

Prendeu a luz e ergueuse da cama. Con paso decidido, foi ata o balcón e asomouse ao exterior. Non se movía nin unha soa folla das árbores, non corría nin unha pinga de aire. «¡Que raro, non hai vento ningún! Sería un refacho repentino, deses que provoca a calor», pensou, afastando de si as imaxes inquietantes que lle viñan á cabeza.

Volveu pechar as dúas follas do balcón, asegurándose de que quedaban ben suxeitas co pasador. Durante un tempo, metida na cama, permaneceu inmóbil, cos ollos abertos e os oídos especialmente atentos. Os seus pais xa deberan deitarse, a casa estaba en total silencio. ¿En silencio? Canta máis atención prestaba, máis ruídos estraños oía Marta. Tentaba identificar a orixe de cada un deles, dicíndose que eran do máis normal; tratábase dun edificio antigo e, como afirmaba o seu pai, as casas vellas adoitan ter moitos ruídos.

De súpeto, quedou paralizada polo medo. Acababa de escoitar algo distinto; era un ruído apagado, coma o dun moble que se arrastrase polo chan. Un ruído lene, pero que non procedía de fóra. ¡Algo se estaba a mover no cuarto, no seu cuarto! O corazón deu en baterlle con máis forza, parecíalle que os latexos debían escoitarse por toda a casa. E o ruído continuaba, aínda que Marta non sabería dicir de que parte do cuarto viña.

De repente, as dúas follas do balcón abríronse outra vez e golpearon con estrépito contra a parede. Marta sentiu o vento rozándolle na cara, un refoleo frío coma os dos solpores do outono. Non sabería explicar de onde saía a idea, mais pareceulle que non era só o vento o que entraba a través do balcón. Había algo... ou alguén máis acompañándoa no seu cuarto.

Marta estaba paralizada, non sabía que facer. Quería berrar, mais era incapaz de abrir a boca. Non se atrevía case nin a respirar. «¿Non é así como din que quedan os paxaros cando ven unha serpe?», pensou, asustada. Entón, nun movemento repentino, ergueu a manta coas dúas mans e meteu a cabeza debaixo das sabas. E así permaneceu quieta, coma un animal acurralado que se acocha no seu tobo mentres o inimigo espreita fóra. Estivo atenta a calquera ruído durante un tempo que se lle antollou interminable, sen tan sequera aventurarse nin a asomar unha man fóra da cama-refuxio. E así, co balcón aberto e envurullada coa roupa da cama, foi como Clara a encontrou pola mañá, cando entrou no cuarto para espertala.

2
Unha casa con problemas

A intensa luz que inundaba o dormitorio afastou da mente de Marta os medos da primeira noite na nova casa. Sentada na cama, ollou para os obxectos do cuarto, que naquel momento lle resultaban tan familiares como estraños. ¿Foran reais os feitos de pola noite ou foran produto do sono e da canseira, despois dunha xornada tan intensa?

Cando rematou de vestirse e baixou a almorzar, chamoulle a atención ver o seu pai na mesa, en conversa animada coa nai. Estaba afeita a almorzaren sempre as dúas soas, porque César marchaba moi cedo para o traballo. Pero aqueles días eran de vacacións, reservara dúas semanas para facer o traslado, e durante ese tempo estarían os tres xuntos.

Clara e César falaban en voz máis alta do habitual, coma se discutisen; mais debía de ser unha liorta amable, porque non había xenreira nas súas palabras.

—¡Bos días! –saudou Marta, antes de sentar á mesa.

—Bos días –responderon os dous ao unísono. Mais, en vez de lle atender e falar con ela, non lle prestaron máis atención que a que lle dedicarían a unha mosca vagabunda e continuaron coa retesía. Marta axiña descubriu que a casa era o tema central da conversa.

—Imos ver, Clara. ¿Ti non querías unha vivenda grande e espazosa? No da amplitude insistíchesme moito, foi unha das condicións que me puxeches cando acordamos mudarnos á cidade.

—Quería, xa che expliquei por que. Preciso un cuarto para traballar e outro para os libros, ben o sabes. E outro máis pequeno para revelar as fotos. As nosas non son as necesidades dunha familia normal.

—¡Velaí! Dásme logo a razón. ¿E non querías tamén unha vivenda nas aforas da cidade e que, por riba, tivese unha terraza?

—¡Efectivamente! De non ser así, non podería montar o telescopio. Mirada dese xeito, a casa gústame moito. É case perfecta.

—¡Ai, xaora! ¡Pois non che hai pega sen mancha negra! ¿Que a casa é algo vella e ten ruídos de máis? Tampouco non é unha cousa tan grave; xa lle darei eu un repaso completo durante estes días de vacacións.

—Pero... ¿como te atreves a despachar o asunto dicindo que ten algún ruído de máis? ¡Algún ruído de máis! Aquí pasa algo estraño, César, faime caso. O desta noite non é normal.

«¡O desta noite!». Ao escoitar as palabras da nai, Marta prestou aínda máis atención á conversa. Xa case esquecera os medos nocturnos, pero volvéronlle á cabeza decontado. ¿Que había detrás das palabras de Clara?

—Si, agora tamén vas vir ti coas andrómenas da casa enmeigada –replicou César, cun ton irónico–. ¡Clariña, que xa logo entramos no século XXI!

—Pois a ver cómo me explicas todo o que pasou esta noite, que case non peguei ollo –a nai, molesta, elevou algo máis a voz–. O dos ruídos,

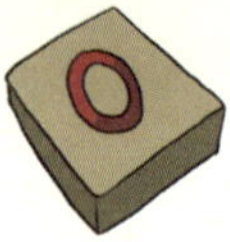

o da porta... ¡e o do armario, a ver logo como explicas o do armario! Porque mover, moveuse, dígocho eu. Antes de irmos cear estiven colocando na roupa e xúroche que quedaba totalmente arrimado á parede. E hoxe ben o viches coma min, separado máis dunha cuarta.

—¡E dálle! ¡Farteime de preguntar antes de alugarmos a casa! Aquí non ocorreu nada que non se poida explicar: nin fantasmas, nin meigas, nin fenómenos sobrenaturais. Non hai ningunha desas quimeras que tanto lle gustan á xente, xa non sei que me dá lembrarcho –César falaba cun ton enérxico, tentando contrarrestar a ollada escéptica da súa dona–. O que sucede é que a casa está edificada sobre un subsolo de rochas con alta concentración de magnetita. E iso fai que se creen unhas correntes magnéticas que, en certas condicións, poden afectala. Ademais...

—¡Eh, que estou aquí! –interrompeu Marta, decidida a intervir na conversa–. Tamén eu escoitei ruídos pola noite. E abríuseme dúas veces o balcón. E non era o vento, estou segura. Pasei moito medo, ¿sabedes?

Clara e César prestáronlle unha atención repentina, coma se ata daquela non se decatasen de que a rapaza estaba almorzando ao seu carón. A nai pediulle que lles contase todo o sucedido, ata o detalle máis cativo. Tras escoitaren con atención o relato das experiencias nocturnas de Marta, o pai comentou:

—¡Que peliculeira es, miña filla! Escoitados así, nunha primeira impresión, semellan feitos estraños e inexplicables. ¡Pero vós non sabedes as que pode armar o magnetismo, sobre todo se as cousas están desaxustadas! Deixádeme esta fin de semana para arranxalo todo, prométovos que a casa enteira vai quedar a proba de meigas e aparecidos. –Tras consultar o reloxo, ergueuse da mesa e engadiu–: Veña, rematade o almorzo, que temos que ir de compras.

Pasaron toda a mañá nun centro comercial, de sección en sección, arrastrando dous carros da compra que, conforme pasaba o tempo, estaban cada vez máis cheos. Xantaron nun dos restaurantes do edificio, e volveron para a casa co coche ateigado de caixas e de bolsas, repletas de todo canto fai falta para iniciar a vida nun sitio diferente.

Pola tarde, Marta axudoulle a Clara a instalar os aparellos no que sería o cuarto de revelado. Despois, as dúas dedicáronse a limpar o xardín da parte de diante, un terreo invadido por ortigas e silveiras. Decidiran sementar herba nova e, coa chegada do outono, plantar roseiras e hibiscos, así como unha buganvílea que, co tempo, había rubir por un dos extremos da fachada.

Mentres, o pai non deixou porta, fiestra ou billa sen reparar. Cravou táboas, cambiou pechaduras, axustou bisagras, apertou parafusos. Foi un labor que lle ocupou toda a tarde e o deixou moi canso. Ao anoitecer, mentres ceaban unha ensalada e algúns toros de pescada que mercaran pola mañá, César díxolles:

—Esta noite imos comprobar se hai fantasmas ou non. Xa veredes como só se trataba dos famosos espectros da madeira vella ou das meigas das bisagras desaxustadas. ¡Nin a Santa Compaña conseguiría mover unha táboa desta casa!

Chegou a hora de deitarse, que Marta demorou todo canto puido. Negábase a recoñecelo, pero non lle facía graza ningunha quedar soa no cuarto, malia saber que os seus pais durmían a poucos metros dela. Algo antes das doce marchou para a cama, cun medo difuso rillando no seu interior. Pediulle á nai que non apagase a luz do corredor e, contra o seu costume, deixou medio aberta a porta do dormitorio. Se había algo anormal na casa, a luz axudaría a que todo fose menos terrible.

Estivo lendo ata notar que se lle pechaban os ollos. Tras apagar a luz, permaneceu atenta, co corpo en tensión, agardando temerosa a chegada dalgún ruído ou movemento estraño. Pero non se oía nada raro, só os pequenos renxidos que se poden producir nunha casa tan antiga coma a que agora habitaban.

E tampouco non ocorreu nada anormal nos días seguintes. Os molestos ruídos nocturnos acabaron por facérselle familiares, e o mesmo lles debeu pasar aos seus pais, porque só falaban do asunto de cando en vez, e sempre acababan rindo das historias da que, con ton retranqueiro, chamaban «a nosa casa enmeigada».

Co paso dos días, a vida familiar foi recuperando a normalidade. César xa comezara a traballar, acabáranselle as breves vacacións das que dispuxera. Mentres, Marta e a súa nai aproveitaban as últimas semanas antes do comezo das clases. Na terraza que había na parte de atrás da casa, Clara colocara o seu observatorio, como ela lle chamaba. Quen pensase en complexas instalacións científicas sorprenderíase ao reparar na sinxeleza dos aparellos. O principal era un telescopio de douscentos cincuenta aumentos, colocado sobre un groso trípode. Unha cadeira e unha mesiña metálica, con caixóns a un lado, completaban o mobiliario daquel improvisado observatorio.

A astronomía era unha das grandes paixóns de Clara. Contáralle a Marta que, xa nos anos de nena, lle gustaba tombarse na herba, sobre todo nas noites do verán, cando o ceo aparecía asombrosamente nítido e o silencio se estendía ao seu redor. Alí, fascinada polas estrelas que brillaban naquel ceo de intensa negrura, sentía que o firmamento era coma unha manta acolledora que protexía o mundo, que a protexía tamén a ela e que, dalgún xeito, a unía a aquela inmensidade.

Fora nesas noites, observando o paso das estrelas fugaces ou imaxinando historias de viaxes imposibles, cando medrara dun xeito irrefreable a súa paixón polo ceo. Un entusiasmo que continuaba agora e que, sabíao con certeza, morrería con ela.

Clara pasaba moitas horas na terraza, observando os corpos celestes. Unha noite, cando Marta xa levaba algún tempo durmida, a súa nai entrou no cuarto e espertouna.

—Ven, Marta. É un espectáculo marabilloso. Non fagas ruído, para que non esperte papá.

A nena ergueuse e seguiu á súa nai ata a terraza. O ceo estaba nítido e víase, sen necesidade de telescopio, unha inmensa cantidade de estrelas.

—¡Que ben se ve hoxe a constelación de Orión! –díxolle Clara, sinalando unha zona do ceo–. ¿Verdade que é fermosa?

Marta mirou na dirección que lle indicaba. Tratou de distinguir aquela constelación da que falaba a súa nai, pero só ollaba unha gran cantidade de estrelas espalladas polo fondo negro do firmamento.

—Vexo moitas estrelas, pero non sei a cales lles chamas ti Orión.

Entón Clara prendeu a lanterna e debuxou nun caderno a forma que tiña a constelación, unindo as estrelas por medio de liñas de trazos. Ensinoulle o debuxo a Marta e díxolle:

—Volve mirar agora.

—¡Xa a vexo! ¡Desta vez, si! –exclamou Marta. Por fin distinguía a figura que a súa nai lle debuxara; en realidade era doada de recoñecer, só precisaba saber qué se debía buscar.

—¿E reparaches nas tres estrelas pequenas que hai no medio, alí onde a constelación se estreita? Pois a iso chámaselle o cinto de Orión –continuou Clara–. Por riba del atoparás unha estrela moi brillante, é a máis resplandecente de todas. Chámase Sirio; xa se orientaban por ela os navegantes gregos, hai máis de dous mil anos.

Marta distinguía con claridade o que a súa nai lle indicaba. Era emocionante saber que aquelas estrelas xa abraiaran ás persoas da antigüidade. Porque Clara, mentres a guiaba, íalle contando a orixe dos nomes dos corpos celestes, e como foran os gregos, e antes os persas e os exipcios, os que examinaran o ceo e lles puxeran nome ás principais constelacións.

Con todo, o que máis abraiaba a Marta eran os datos sobre canto distaban de nós as estrelas das máis afastadas galaxias. A idea de que, en realidade, o que chegaba á Terra era a luz que viaxara durante anos e anos pola negrura do espazo, quizais desde estrelas que xa colapsaran e morreran, resultáballe case máxica. En momentos así, Marta comprendía moi ben a paixón de Clara polo ceo.

A nai continuou localizando estrelas e constelacións durante moito tempo. Á nena desaparecéralle o sono e atopábase moi a gusto na terraza. Mentres ollaban o firmamento, deron en falar dun futuro que xa estaba cada vez máis preto. O novo curso empezaría axiña, e Marta tiña algunhas preocupacións que non se lle ían da cabeza. ¿Seríalle doado encontrar novos amigos? ¿Como a recibirían na clase? ¿Faríanlle o baleiro por vir de fóra? Aínda que Clara tentaba tranquilizala, a nena sentíase incapaz de afastar aqueles temores, que parecían medrar de día en día.

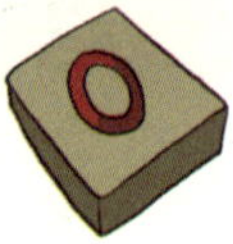

A iso das tres decidiron irse deitar, tampouco era cuestión de durmir logo toda a mañá. A nai acompañou a Marta ata o cuarto e agardou a que se metese outra vez na cama. Cando xa se ía, Clara díxolle:

—E a ver se mañá, cando te ergas, recolles eses libros. Non me gusta nada que teñas todo así. Ben sabes a rabia que me dá ver as cousas desordenadas.

Marta mirou para a libraría. Os andeis estaban baleiros e os libros aparecían tirados polo chan, esparexidos en diversos montóns. Pero ela non fixera tal cousa. Estaba segura de que quedaban ben colocados cando se deitara, había só unhas horas. ¿Como era posible que estivesen agora polo chan? ¿A que forza magnética recorrería o seu pai para explicar aquel fenómeno?

A rapaza non dixo nada, aínda que sentiu como un desacougo, a mesma inquietude que a acompañara os primeiros días instalábase outra vez no seu interior. Pero estaba demasiado cansada, naquel momento só lle interesaba durmir. Pechou os ollos e deixouse atrapar polo sono; aquel feito estraño ben podía agardar deica o día seguinte.

3
Mensaxes no dormitorio

—¿Estás segura de que te podemos deixar soa? –preguntou Clara, con voz preocupada.

—¡Que si! –respondeu Marta, enfastiada–. Non fai falta que mo repitas máis veces.

—Non chegaremos moi tarde, antes das dez seguro que estamos de volta.

Clara deulle outros dous bicos á súa filla e saíu ao soportal. Cando se dispuña a baixar as escaleiras, retrocedeu uns pasos e achegouse de novo a Marta:

—Se saes da casa, pecha ben a porta. E non vaias deixar as chaves dentro, que es moi despistada.

Desta vez baixou as escaleiras con pasos rápidos. César xa levaba un tempo agardando no interior do coche, co motor en marcha. Mais, a medio camiño, Clara freou de súpeto e regresou ao soportal.

—¡Nin se che ocorra andar con coitelos nin con nada perigoso, non quero ter un desgusto! –Marta escoitaba as repetidas advertencias da súa nai con expresión resignada–. E se chaman, ti non lle abras a ninguén ¿Entendíchesme?

César tocou a bucina, impaciente, e acenou sinalando o reloxo. A nai deulle á nena dous bicos máis e desta vez non se detivo ata sentar a carón do seu home. O coche iniciou a marcha, camiño da avenida que abeiraba o parque. Marta permaneceu de pé no soportal, axitando a man, ata que perdeu de vista o vehículo.

Aínda non deran as catro da tarde, tiña varias horas por diante ata o regreso dos seus pais. Era a primeira vez que quedaba soa desde que se mudaran. Encantáballe ter a casa enteira para ela, mais non lle facía graza ningunha que os pais se ausentasen da cidade. Pero César debía asistir a unha importante reunión en Santiago de Compostela; e a Clara apetecíalle acompaña-lo, aproveitaría para visitar unha amiga e facer algunhas compras. Marta axiña renunciara á viaxe, nada animada ante a perspectiva de pasar tantas horas no coche.

«Sóbranche cousas que facer», dixéralle Clara, para convencela de que tamén o podía pasar ben estando soa. ¡Ata lle escribira unha listaxe de tarefas coas que podía ocupar o tempo! A Marta irritábaa aquela teima da súa nai, obsesionada por encherlle as horas e evitar que se aburrise. ¿Cando se decataría de que xa non era pequena e tiña dereito a decidir pola súa conta?

Decidiu dar un paseo en bicicleta, a idea de percorrer os carreiros do parque resultábaballe moi atractiva. Ademais, aquela tarde corría algo de aire e non ía a calor abafante dos últimos días. Sen pensalo dúas veces, colleu a bici no garaxe e, tras pechar ben a porta, comezou a pedalear polos camiños que se abrían entre as árbores.

Axiña reparou en dous nenos que estaban sentados nun dos bancos próximos á casa, á sombra dun enorme pradairo. Ao pasar por diante deles, reparou en que a miraban cunha atención que lle pareceu excesiva. Mais non lles fixo caso ningún e seguiu co seu paseo.

Despois de dar varias voltas por aquel labirinto de camiños, volveu pasar por diante do banco. Os nenos continuaban alí, ollándoa sen disimulo e facéndolle acenos que non entendeu. Cando xa os deixara atrás, molesta pola atención que lle prestaban, escoitou uns sonoros «¡Uuuuuuu!». Marta detívose e, coa bici da man, achegouse aos nenos, que a fitaban cun sorriso burlón.

—¿Que mirades, rapaces? ¿Seica teño monos na cara?

—¿Ti vives aí, nesa casa? –preguntou un deles, sen facer caso das palabras de Marta.

—Vivo. ¿Por que o preguntas?

—Porque queriamos saber se xa tiveches trato cos fantasmas. Por aí din que sodes os seus novos servidores.

—¿Seica estades parvos ou que? –respondeu Marta, moi enfadada–. ¡Aquí os únicos fantasmas que hai sodes vós! ¿Ou non tedes espellos para vervos a cara de fatos?

—A parva serás ti, que vives na casa enmeigada –respondeu o que se mantivera calado ata daquela–. ¡Non che temos medo, aínda que trates cos espíritos!

Marta deixou caer a bicicleta e achegouse aos nenos con actitude ameazante. Os dous colleron medo e liscaron do banco a toda velocidade. Mentres fuxían, berraban:

—¡Fantasma! ¡Uuuuuuuu! ¡Fantasma!

A nena sentíase furiosa e indignada; despois daquel encontro, quitáranselle as ganas de seguir paseando. Entrou no garaxe, molesta pola conversa que acababa de ter. «¡A casa enmeigada! ¡Serán imbéciles!».

Mentres gardaba a bicicleta, apoderouse dela un desacougo inesperado, e á súa memoria volveron os sucesos da primeira noite na casa. Desde aquela non volvera ocorrer nada estraño, agás o misterio dos libros, que deixara por imposible ao non lle atopar ningunha explicación satisfactoria.

Despois de pasar algún tempo diante da tele, saltando dun programa para outro, Marta decidiu subir ao dormitorio. Aquel era un bo momento para decorar a carpeta que mercara había algúns días. Facíao todos os anos antes do comezo das clases, e este non tiña por que ser distinto.

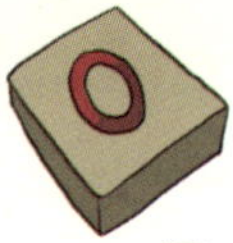

De paso pola cociña, colleu a merenda que a nai lle deixara preparada. Unha vez no cuarto, pechou o balcón; xa eran as últimas horas da tarde e o aire viña algo máis fresco. Sentou nuns coxíns que tiña a carón da cama e púxose a follear unhas revistas, na procura de fotos que lle servisen para recortar.

Un ruído forte e seco fíxolle erguer a cabeza, ao tempo que o corazón empezaba a latexarlle atoladamente. A porta do cuarto acababa de abrirse e pecharse con estrondo. ¡Ela soa, sen que houbese ningunha corrente de aire!

Non tivo tempo de buscar unha explicación porque, case deseguido, as dúas follas do balcón abríronse movidas por un impulso misterioso e abatéronse violentamente contra a parede, mentres o aire abaneaba as cortinas e facía voar os papeis que había encol da mesa. Marta, sen atreverse a mover nin un músculo, asistía con expresión de abraio a aquel estraño fenómeno. O seu pasmo chegou a un punto culminante cando o armario do cuarto deu en abanearse só, coma se unhas forzas estrañas turrasen por el dun lado e doutro.

Enriba do armario estaban as caixas de xogos que Marta colocara alí había poucos días. Coas oscilacións do moble, cada vez máis intensas, as caixas fóronse achegando ás beiras, ameazando con caer. A primeira en facelo foi a caixa do Trivial, que aterrou pesadamente a uns centímetros dos seus pés, producindo un ruído grave que quedou resoando no aire. Pero os abaneos do armario non cesaron, semellaba que aquelas forzas desexaban botar abaixo todo canto había enriba del.

Entón caeu unha segunda caixa. Era a do Scrabble, o xogo de palabras cruzadas co que a agasallaran ao facer os nove anos. Desta vez houbo menos sorte porque, ao abaterse contra o piso, abriuse a tapa da caixa e todas as fichas saltaron polo aire ata quedaren estradas polo cuarto. Nese momento, as vibracións que sacudían o armario remataron tan bruscamente como empezaran. A estancia volvía estar en completo silencio.

Durante uns segundos que se lle antollaron interminables, Marta ficou inmóbil e expectante, tratando de adiviñar qué outro moble ou obxecto comezaría a moverse pola súa conta. Mais todo permanecía quieto, parecía que definitivamente.

A nena contemplou o piso, onde estaban esparexidas as pequenas fichas coas letras do Scrabble. Dispúxose a recollelas canto antes, non podía deixar que a súa nai vise así o cuarto. Dun xeito mecánico, estendeu os brazos para coller as fichas máis próximas. Pero quedou sen fala ao comprobar que, sen que ninguén as tocase, as pezas do Scrabble empezaban a moverse soas. ¡Esvaraban sobre as madeiras do piso, coma se realizasen unha estraña danza!

Marta asistía fascinada ao espectáculo, sen poder afastar os ollos daqueles cadradiños que parecían ter vida propia. Era coma se unha man invisible guiase as fichas, que se aproximaban e se arredaban obedecendo a unha forza descoñecida.

Paralizada coma se estivese presa por un feitizo, observou como algunhas das pezas se achegaban a onde ela estaba e se colocaban formando tres filas, para logo quedaren inmóbiles. Ao mirar as letras que había naquelas fichas, a nena acertou a ler, entre o medo e o abraio, unhas frases que a deixaron desconcertada:

OLA MARTA

NON ESCAPES

POR FAVOR

Marta sentiu que un calafrío de medo a percorría de arriba abaixo. Non quería crer en fantasmas, nin en fenómenos sobrenaturais nin en nada semellante. Como dicía o seu pai, esas eran cousas de cando non había luz eléctrica, pero non dos tempos actuais, da era dos ordenadores e dos teléfonos móbiles. Mais non estaba soñando, e para o fenómeno que tiña diante non valían as explicacións de César.

Mentres contemplaba hipnotizada aquelas ringleiras de fichas que configuraban unha mensaxe claramente dirixida a ela, sentiu medo e unhas intensas ganas de fuxir. Mais, vencendo os seus temores, moveu os brazos e colleu do chan unha presada de fichas. Con elas diante, seleccionou as letras necesarias para construír unhas poucas palabras e colocounas debaixo das que antes se formaran soas. Lamentou que

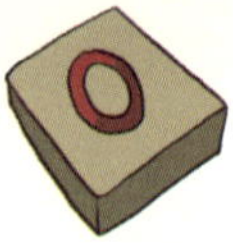

no Scrabble non houbese acentos nin signos de interrogación; aínda así, se había alguén disposto a ler aquelas palabras, entendería a súa mensaxe sen dificultade:

TEÑO MEDO
QUE ESTA
PASANDO

De novo se moveron as fichas espalladas polo cuarto adiante, mesmo algunhas que foran dar aos lugares máis afastados. Volveu haber un baile frenético de letras sobre a madeira do piso. Diante de Marta foise configurando unha nova frase:

QUERO
FALAR
CONTIGO

Desta vez, Marta precisou de poucas fichas para a súa resposta:

Q U E N   E S

O N D E   E S T A S

As fichas volveron esvarar sobre a madeira, desta vez dun xeito máis pausado. A frase que se formou debaixo da que ela acababa de facer tiña unha única palabra:

O R D E N A D O R

Ante aquela palabra solitaria, Marta dubidou e permaneceu pensativa durante uns minutos. Non sabía qué contestar, nin tan sequera estaba segura de que se tratase dunha mensaxe. Finalmente, colleu unha ficha en branco e colocouna no chan, ao tempo que encollía os ombros:

Agardaba unha resposta, mais non apareceu ningunha frase nova. En cambio, as fichas que formaban a palabra **O R D E N A D O R** desprazáronse en ringleira polo piso, coma se fosen os

vagóns dun tren en miniatura, e non pararon ata colocarse ao pé da mesa onde a nena tiña instalado o aparello que fora da súa nai.

Marta, sen saber se facía ou non o correcto, ergueuse e achegouse tamén á mesa. Tras ollar de novo as fichas, sentou na cadeira e puxo en marcha o ordenador.

4
Conversando cun estraño

Vencendo o medo que a paralizaba, Marta colocou as mans sobre o teclado. Cargou o procesador de textos e, ao pouco tempo, o escintileo do cursor no espazo da pantalla indicoulle que podía comezar a escribir.

A nena dubidou un intre, non sabía ben como continuar. Por fin, tecleou as mesmas preguntas que fixera antes coas fichas do Scrabble:

¿Quen es? ¿Onde estás?

Retirou as mans do teclado e agardou por unha resposta, durante uns momentos que lle pareceron interminables. Ao pouco, coma se as premese unha man invisible, observou como as teclas se movían soas. Paseniño, foi aparecendo na pantalla unha resposta ás súas preguntas:

Estou aquí, no teu cuarto.
Non me resulta fácil explicar quen son.

Marta releu unha e outra vez aquelas poucas palabras. Debía de sufrir unha alucinación, non podía ser real o que lle ocorría. Todo parecía obedecer a unha lóxica absurda, semellante á que goberna os nosos soños. Alí estaba ela, soa no seu cuarto, soa na casa. Mais, na práctica, debía aceptar que había alguén máis no dormitorio.

Naquel momento ansiaba vencer a forza que a mantiña diante do ordenador. Desexaba botar a correr escaleiras abaixo, marchar da casa e mesturarse entre a xente que a esa hora estaría paseando polo parque. Pero Marta non se moveu do sitio, algo lle dicía que xa era imposible retroceder. As preguntas amoreábanse na súa cabeza e sentía que, diante daquel misterio, necesitaba actuar coa lóxica que impoñía aquela estraña situación.

Trata de explicar quen es. ¿De onde saíches? ¿Por que non te vexo?

Houbo outro tempo de silencio. Despois, as teclas movéronse lentamente, parecía que o seu interlocutor non tiña a práctica necesaria para teclear con rapidez. Aos poucos, a resposta foi aparecendo na pantalla:

Non atopo palabras para explicarche quen son. Supoño que os humanos diriades que son un fantasma. Pero todo é máis complicado.

Non podes verme; é imposible, terías que ter uns ollos diferentes.

E non saín de ningún sitio. Vivo aquí.

¿Como que vives aquí? ¿Desde cando?

Desde mil novecentos corenta e sete, creo. Ás veces xa me falla a memoria, sobre todo coas datas.

As preguntas e as respostas íanse sucedendo na pantalla, o texto resultante semellaba a transcrición dun interrogatorio. Marta estaba cada vez máis abraiada, tentando manter a concentración precisa para escribir dun xeito ordenado a fervenza de cuestións que lle viñan á cabeza:

¿Fuches ti quen fixo todos os movementos de antes?

Fun, tiña que chamar a túa atención. Xa levaba varios días intentándoo, pero non te quería asustar máis.

¿E entón tamén fuches o responsable do que ocorreu o primeiro día?

Tamén. Quería darvos a benvida. Pero non funcionou; o único que conseguín foi asustarvos. Todo este tempo estiven agardando o momento propicio para comunicarme contigo. Intenteino cos libros, mais non serviu de nada.

¿Para comunicarte? ¿E por que comigo?

¿E logo con quen? O teu pai é un descrido, imposible relacionarse con el. ¡Xa me

ten farto con toda esa leria das correntes magnéticas! Intenteino coa túa nai, a outra noite, na terraza. Pero non resultou, só conseguín desacougala. Se cadra, os teus pais xa medraron de máis e nunca conseguiremos conectar.

Despois de ler aquela resposta, Marta repetiu a pregunta que o seu interlocutor, quizais deliberadamente, deixara sen responder:

¿Por que comigo?

Contigo é distinto. Aínda non tes pechada a mente, é doado acceder a ti. Ademais, tiñas o Scrabble. Cando o vin enriba do armario, decateime de que podía servir para comunicarme contigo utilizando unha linguaxe que entendeses ben.

¡Pero tamén sabes usar o ordenador!

Pouco sei, para min é algo novo. Aprendín algo observándote estes días pasados.

No fondo, é como escribir a máquina. E iso xa o sabía facer desde moito antes.

¿E que queres de min?

Conversar contigo, xa cho dixen. Levo máis de trinta e catro anos sen falar con ninguén.

¡Pero aquí viviron antes outras persoas! ¿Por que non te comunicaches con elas?

Houbo outra xente, si, pero en todo este tempo non atopei ningunha persoa receptiva. Cando chegaba unha nova familia, eu sempre me manifestaba, mais o único que conseguía era asustalos e provocar que abandonasen o edificio. Coa última persoa coa que puiden falar extensamente foi con dona Celia, unha muller que ocupou esta casa durante nove anos. Pero morreu en mil novecentos sesenta e dous. O catorce de abril, para dicilo con exactitude.

¿Dona Celia? ¿Falabas con ela? ¿E como vos amañabades?

Pois igual que facemos agora. Daquela non había ordenadores, así que empregabamos unha máquina de escribir. Ela foi quen me ensinou a utilizala.

Marta separou as mans do teclado e botou para atrás a cadeira. Tiña a sensación de que estaba a perder o tempo con preguntas sen importancia, mentres deixaba pasar a oportunidade de coñecer outras informacións valiosas. Precisaba asimilar o que sucedía, entender aquela conversa que o seu cerebro se resistía a aceptar, contra toda evidencia. Decidiu insistir nunha pregunta anterior, precisaba saber con quen mantiña aquela conversa tan especial.

¿Por que non tratas de explicarme quen es?

É difícil. Os humanos chamariádesme un fantasma, aínda que non estou moi seguro. Teño lido moitos libros ao longo destes anos e, nos últimos tempos, tamén vin algunhas películas nese aparello que chamades televisión. Se os fantasmas son como aparecen nas novelas ou nas películas, non teño nada que ver con eles. Diso ten a completa seguridade.

¿Por que o dis?

Xa ves que non levo sabas, nin arrastro cadeas nin cousa semellante. Atraveso as paredes, iso si, e podo mover os obxectos a vontade. Tampouco non son o espírito de ningún humano morto, nin me materializo en forma de esqueleto, nin parvadas desas. E non lles fago dano ningún ás persoas, aínda que ás veces me provocades unha irritación ben grande. Se a iso se lle pode chamar un fantasma...

¿E por que estás nesta casa?

¿Por que estou? *Teño* que estar nesta casa, que é moi distinto. A miña condena é permanecer neste edificio. Trátase de algo moi duro, porque me aburre moitísimo estar só. A vosa chegada foi un alivio.

¿Daquela, estiveches sempre aquí?

¿Pero que parvadas dis? ¡Como ía estar sempre nesta casa! ¡Eu xa existía desde moito antes da fundación da cidade, ou do descubrimento da corrente eléctrica, ou da invención da máquina de vapor! Asustaríache saber os anos que pasaron e as cousas que vin desde que teño memoria. Levo no edificio corenta e nove anos, que non é pouco. Estou condenado a permanecer aquí ata que a casa desapareza. É a miña maldición.

¿A túa maldición? ¿Que maldición?

¿E a ti que che importa? Non me gusta falar diso. Ademais, non o entenderías. É mellor deixar ese asunto para outro día. Agora, quero coñecerte a ti.

¿Coñecerme? ¿E por que a min?

Cos teus pais, imposible, xa cho dixen. Se me manifesto abertamente, abandonarían a casa. E eu volvería á miña soidade.

¿Daquela non lles podo dicir nada?

Se lles dis algo, sabes coma min que non te han crer. E se te cren, sería peor, porque daquela iriádesvos.

Marta dispúxose a teclear a seguinte pregunta. Pero desta vez adiantóuselle o seu invisible interlocutor, porque na pantalla apareceron novas palabras sen que ela fixese nada:

Están a chegar os teus pais. Temos que abandonar esta conversa. Volverei comunicarme contigo. Non teñas medo cando vexas algunha manifestación miña, fareina con

toda a discreción do mundo. É mellor que usemos sempre o ordenador. ¡Excelente invento! Nalgunhas cousas, os humanos ides mellorando. Noutras, en cambio, ides para atrás sen remedio. ¡E a toda velocidade!

En canto leu aquelas palabras, Marta tecleou con rapidez:

¡Agarda unha miga! ¿Volverás mañá?

Mañá non podo, teño outros asuntos que atender.

¿Outros asuntos? E logo, ¿a que te dedicas?

Non o entenderías. Os teus pais están entrando pola porta. Adeus.

Oíuse o ruído da chave na porta da entrada. Case deseguido, Marta escoitou a voz da súa nai, chamándoa desde abaixo. Con rapidez, a nena

arquivou a conversa que viña de manter e apagou o ordenador, pola noite tería tempo de repasala devagar. Cando saíu ao corredor, Clara xa subía polas escaleiras. Traía un enorme paquete na man, envolto en papel de agasallo.

—¿Que che ocorre, Marta? ¡Árdeche a cara, vaite mirar no espello! ¿Pasouche algo?

—¿Que me había pasar? É que teño o cuarto un pouco desordenado, e non quero que entres e te enfades comigo. –Sinalando o paquete, tentou desviar a conversa–: ¿Que me traes aí?

—Adiviña. ¿Por que non o abres?

Marta abriu o paquete. Dentro viña unha mochila estupenda, a mesma que vira nun comercio había unha semana e que lle encantara. Abrazou a Clara e deulle varios bicos.

—Alégrame que che guste tanto –dixo a nai–. Agora amáñate algo e baixa, que vou preparar unha cea para os tres.

Antes de irse, a nai botoulle unha ollada rápida ao cuarto da nena:

—¡Como o puxeches todo! Despois de cearmos, recolles as cousas. ¿Ti cres que está ben ter todas as pezas do Scrabble espalladas polo chan?

Co pretexto de que debía ordenar o cuarto, Marta ceou ás présas e falou o imprescindible cos seus pais. Eles tamén viñan cansos, con ganas de se deitaren. A nena ergueuse axiña da mesa e subiu as escaleiras de dúas en dúas. Xa no seu dormitorio, pechou a porta e prendeu o ordenador. Quería repasar a conversa que tivera con aquel estraño ser. Buscou co rato o ficheiro onde arquivara o texto. Alí estaba: FANTASMA (1). Recuperou o ficheiro e dispúxose a reler desde o principio o insólito diálogo que mantiveran.

Pero a Marta agardábaa unha sorpresa. Na pantalla aparecían todas as preguntas e comentarios que escribira. Mais entre eles, no lugar onde deberían estar as respostas do seu interlocutor, só había uns amplos espazos en branco. Non quedaba nin unha soa letra do que aquel misterioso ser escribira alí.

5
Unha amizade secreta

Despois daquela estraña conversa, Marta viviu uns días de permanente ansiedade. Pasaba horas e horas pechada no cuarto, e Clara empezou a temer que lle ocorrese algo preocupante. En realidade, todo era moito máis sinxelo; Marta pasaba as horas facendo mil labores distintos, mais sen perder nunca de vista a pantalla do ordenador. Unha pantalla onde sempre aparecía escrita unha única mensaxe:

¡Ola! ¿Estás aí?

Pero era como lanzar ao mar mensaxes gardadas nunha botella, porque a pantalla permanecía inalterada, sen resposta ningunha. A rapaza intuía que o seu interlocutor (¿ou sería interlocutora? Debía preguntarllo na próxima conversa, se é que chegaba a habela) só regresaría cando non houbese ninguén máis na casa. Por esa razón, algunhas tardes animaba á súa nai a marchar de compras á cidade; outras veces, se Clara quería dar un paseo polo parque, resistíase a acompañala pretextando calquera labor, para así poder quedar soa no cuarto. Marta estaba convencida de que o estraño ser andaba pola casa; notábao en moitos detalles desconcertantes que os seus pais xa renunciaran a explicar, pero que ela sabía con certeza quen os provocaba.

Aínda tivo que transcorrer máis dunha semana para que a mensaxe de Marta recibise unha resposta. Aquel día, despois dunha tarde esgotadora na que Clara e mais ela limparan o xardín e o espazo que rodeaba a casa, decidiu deitarse máis cedo que de costume. Ao remate da cea, marchou para o cuarto coa intención de meterse na cama e ler ata que lle viñese o sono. Espiuse axiña e puxo o pixama; logo foi ao cuarto de baño para lavar os dentes. Cando volveu, atopou a cama toda desfeita, coa roupa amoreada formando unha pirámide. A primeira reacción foi de estrañeza, pero o rostro de Marta axiña se iluminou cun sorriso de complicidade.

Achegouse ao ordenador e acendeuno. Xa tiña arquivada a mensaxe diante da que agardara tantos días, así que decontado apareceron na pantalla aquelas palabras, agora tan cargadas de significado:

¡Ola! ¿Estás aí?

Non era a primeira vez que sucedía, pero Marta volveu quedar abraiada cando o cursor empezou a moverse na pantalla, deixando unha ringleira de palabras no seu avance:

Estou. Hoxe apetecíame falar un pouco máis contigo.

Pois eu xa levo varios días agardándote. ¡Pensei que non ías volver! Teño que facerche moitas preguntas.

¿Máis preguntas? Pois empeza, veña, que a miña paciencia é escasa. Para compensar, tamén eu che hei facer algunha.

Primeiro quero saber como te debo chamar. ¿Es home ou muller? ¿Escribo un ou unha?

Nin unha cousa nin outra, esas son preguntas sen xeito. ¿Faríasllas a unha pedra ou a unha estrela? Só teñen sentido con seres que se reproducen. E eu non me reproduzo. Eu son así desde sempre, e cando me vaia...

¡Cando te vaias! ¿Que queres dicir?

Algún día derrubarán esta casa, ou caerá de vella, ou virá un raio que a fenda polo medio. ¡Eu que sei! Daquela poderei marchar.

¿E a onde irás?

¡A onde, a onde! ¿Non che parece que es algo curiosa de máis? Xa che dixen que hai cousas que ti non podes entender.

Marta decidiu cambiar de asunto. Temía que o seu interlocutor se molestase e en calquera

momento cortase a comunicación; non quería perder a oportunidade de continuar aquel diálogo. Volveu insistir na primeira pregunta:

¡Pois eu quero saber o teu nome! Claro que, se non mo dis, tamén che podo chamar Fantasma, non creo que che pareza mal. Ou Fan, para abreviar.

A min tanto me ten, aínda que non teño nada que ver cos fantasmas vosos. Chámame como che apeteza.

Marta quedou parada, sen saber que máis escribir. Quería facer tantas preguntas que non sabía ben por cal continuar. Decidiu deixarlle a iniciativa a aquel enigmático ser:

Antes dixeches que ti tamén querías preguntarme algo.

Quería, si. Ten en conta que non podo saír desta casa. E sospeito que por aí fóra o mundo mudou moito nestes anos, ¿non si?

Xa andei folleando os libros que tes aquí e os que trouxeron os teus pais. Ademais, algunhas noites, cando mirades a televisión, eu tamén ando pola sala. Sei moitas cousas, pero outras vas ter que contarmas ti.

Pois empeza coas preguntas cando queiras.

Tranquila, que habemos ter tempo. Antes quero que me aclares algo. ¿Como se chama esa comida noxenta que fixo hoxe a túa nai? ¡Inundou cun cheiro vomitivo toda a casa! ¡Había tempo que nada conseguía irritarme tanto!

¿A comida que fixo hoxe? Era sopa, sopa de verduras. Pero non a puidemos comer. Caeulle o sal na pota e tivo que tirar con todo.

¡Caeulle, si! ¡Empuxeino eu! Non soporto o cheiro desa comida, non hai recuncho onde non chegue. ¡Xa a podes avisar porque, como a faga outra vez, hei acabar abaneando a casa enteira!

O rostro de Marta iluminouse. ¡Así que Fan fora o do sal! Mira por onde, acababa de atopar un aliado na súa cruzada contra a sopa de verduras. ¿Quen dixo que os fantasmas e os humanos non poden ter intereses en común? Volveu concentrarse na conversa, porque as palabras daquel ser descoñecido seguían aparecendo na pantalla:

Falando da túa nai, ¿sabes que me intriga o telescopio que ten? Agora mesmo está na terraza. Devezo por comprobar como se ve o espazo por ese aparello. ¿Por que non imos onda ela?

¿Pero non dixeches que só querías estar en contacto comigo?

Así é. Mais iso non impide que eu ande por alí mentres falades. Prométoche non intervir para nada na conversa.

Marta sentiuse frustrada, esperaba moitas máis novidades daquel diálogo que ansiara durante tantos días. ¡Non puidera preguntarlle case nada do que lle interesaba! Mais, ¿como contrariar aquel estraño ser? Ademais, prometéralle que habían ter máis conversas no futuro. E ela tiña todo o tempo do mundo para agardar.

A rapaza apagou o ordenador, puxo unha cazadora por riba do pixama e encamiñouse á terraza. Alí estaba Clara, sentada diante do telescopio.

—¿Que fas, mamá?

—¡Ola, Marta, pensei que xa durmías! Anda, ven aquí, séntate ao meu lado. ¿Non che parece que hoxe está unha noite fermosísima?

A nena colleu unha cadeira e sentouse preto de Clara. E a nai, coma outras veces, foi buscando para ela nebulosas e galaxias cuxa luz levaba anos viaxando polo firmamento para chegar ata nós. Cada vez que deixaba de mirar polo telescopio, Marta distraía a súa nai con algún pretexto, para que o visor do aparello quedase libre durante un pouco de tempo. «¿Como se verá o firmamento cos ollos dun fantasma? ¿Percibirá cousas que eu non son capaz de ollar?». Tiña a certeza de que, ao seu xeito, o fantasma tamén estaba a contemplar o marabilloso espectáculo celeste.

Despois do segundo encontro sucedéronse outros, máis espallados do que a Marta lle gustaría. Nas novas conversas, era sempre a rapaza quen tiña que dar resposta á curiosidade insaciable do fantasma, desexoso de coñecer a mudanza de costumes na vida dos humanos, as novidades do mundo e todo canto lle axudase a encher o baleiro de coñecementos referidos ao que sucedera nos últimos trinta anos. ¡E mudara tanto o mundo! Marta non estaba moi segura de contestar atinadamente as preguntas que o fantasma lle facía. Precisaba botar man de libros e enciclopedias, cada vez máis presentes no seu cuarto, un feito que Clara e César non sabían ben como tomar.

A finais de agosto, recibiu a contestación de Milena, e tamén as cartas doutras amigas de Pontebranca. Entroulle nostalxia ao lelas. Comentábanlle as pequenas aventuras do verán, experiencias que ela coñecía ben por telas vivido como protagonista en anos anteriores. Na vila, todo seguía igual sen Marta. Era ela quen estaba lonxe, enfrontada a unha realidade que lle facía sentir medo do que traería o futuro.

Contestou axiña as cartas das amigas. A que lle escribiu a Milena era a máis longa, necesitaba contarlle a alguén as inquietudes que sentía.

25 agosto 1996

Querida Milena:

Antes de nada, lamento comunicarche que aínda non tivemos necesidade de chamar os cazafantasmas. E tampouco non atopamos ningún esqueleto agochado nos armarios. ¡Desde logo, vaia ideas que tes!

Estas primeiras semanas na cidade pasáronme moi rápido. Aínda que non sei se estará ben dicir «na cidade» porque eu, polo de agora, pouco máis vin que o parque que temos ao pé.

Polas mañás case non saio da casa, hai días que acabo aburrida de estar soa. Moitas tardes vou de paseo coa miña nai, porque papá xa empezou a traballar e non chega antes das sete. Ás veces imos a algunha das praias que hai preto da cidade, pero a mamá non lle gusta; hai que coller o coche e logo, á volta, fórmanse sempre grandes caravanas. Tamén imos ao centro cando nos apetece, ver comercios ou ao cine.

A semana que vén empeza setembro e rematan as vacacións. Miña nai xa ten que ir ao Instituto, e eu terei que repasar algo, sobre todo as matemáticas. Mamá lémbrame de cada pouco que na Secundaria as cousas non van ser coma na escola, que terei un profesor en cada materia e que me verei na obriga de estudar máis. Algo de medo xa me entra, supoño que a ti tamén. No teu caso, polo menos sabes que vas estar cos compañeiros de toda a vida. Pero na clase que me toque eu vou ser a nova, os outros xa se coñecerán de antes. ¿Como encaixarei con eles?

Teño medo, si, mais tamén desexo que empece o curso, porque quero coñecer outras rapazas. E se non o fago no instituto, é imposible, xa che dixen que a nosa casa está bastante illada. Claro que, aínda que chegue a ter moitas amigas, estou segura de que ningunha o ha ser tanto coma *ti. Tesme que prometer que non deixarás de escribirme, e que non habemos ter nunca segredos entre nós.*

Marta interrompeu a escritura da carta. Era ela quen xa empezaba a ter segredos con Milena, pois nada lle contaba dos acontecementos dos días anteriores. ¿Como lle ía explicar que na casa había de verdade un fantasma, ou o que fose, e que se comunicaba con el a través do ordenador? ¡Milena había pensar que toleara!

Aínda lle contou á súa amiga algunhas cousas máis: a última película que fora ver con Clara, os novos discos que mercara había pouco... E faloulle outra vez, xa na despedida, da súa mestura de ilusión e de medo diante do novo curso.

Tras rematar a carta, sentiu como nunca a ausencia de Milena. ¿Que ía facer sen unha amiga a quen contarlle todo? ¿Atoparía outra con quen poder falar dos seus maiores segredos? Era difícil, unha amiga así non se fai da noite para a mañá. E con Milena compartía lembranzas e aventuras desde que as dúas eran pequenas.

Decatouse de que na carta fixera explícito un temor soterrado que a acompañaba xa desde

antes de trasladarse á cidade. ¿Aceptaríana os novos compañeiros? ¿Encaixaría con eles? ¿Que pasaría ao saberen que vivía nunha casa con sona de estar enmeigada? ¿Non lle darían importancia ou reaccionarían coma os dous nenos que atopara no parque? Marta intuía que se lle presentaba un futuro ateigado de problemas.

Desexou volver a Pontebranca, retroceder varios meses no tempo. Mais xa non había remedio e debía aceptar a nova realidade. Estaba na cidade e cumpría afrontar os feitos como eran. Agardáballe un ambiente novo e uns novos profesores. «Oxalá haxa tamén uns amigos novos», pensou. Ansiaba abandonar aquela soidade que xa lle comezaba a pesar. «Pero soa de todo non estou. Aínda menos mal que teño a Fan para contarlle o que me pasa.» Marta foi a primeira sorprendida polo pensamento que lle acababa de vir á cabeza. Ata daquela nunca pensara que aquel ser invisible podía acabar sendo o seu amigo. Quizais xa os unían máis cousas que a común aversión pola sopa de verduras.

6
Territorio descoñecido

«Teño que disimular, non quero que se me note o nerviosa que estou», pensou Marta ao baixar do coche e atoparse fronte ao instituto onde ía estudar nos vindeiros meses. Os seus pais dubidaran sobre a conveniencia de matriculala no centro ao que Clara se incorporaba, así poderían ir as dúas xuntas; pero quedaba nun barrio da outra banda da cidade, e iso obrigábaas a depender unha da outra. Finalmente, decidiran matriculala no instituto máis próximo. Non quedaba lonxe da casa, só había quc atravesar o parque e andar un pouco máis polas rúas do barrio. Deste xeito, non era necesario que Clara a levase no coche, como fixera hoxe por ser o primeiro día.

Había diversos grupos de rapaces e rapazas nos arredores da porta de entrada; algúns estaban sentados nas escaleiras ou no muro baixo que abeiraba o espazo dedicado a aparcadoiro. Marta tentou buscar algunha cara coñecida, malia saber que era inútil. Estaba soa, debía aceptalo dunha vez. Respirou fondo e, aparentando unha seguridade que non tiña, percorreu os poucos metros que a separaban da porta.

Dentro do instituto encontrou un espazo que lle resultou familiar. Marta achegouse a un enorme taboleiro repleto de papeis e examinouno coma se lle interesase moitísimo o que nel había. En realidade, mentres aparentaba ler, o que facía era observar todo canto ocorría ao seu redor. Entretívose en adiviñar qué alumnos serían os de primeiro, coma ela, pero case todos lle pareceron de máis idade.

Ás nove menos cinco soou o timbre, e o gran grupo de alumnos comezou a disgregarse, movéndose en varias direccións. A Marta correspondíalle a clase de Primeiro C. Vencendo a timidez, preguntoulles pola aula a unhas rapazas maiores. Sinaláronlle o final dun corredor que había á esquerda. Camiñou ata encontrar unha porta co cartel que indicaba «1° C». Os alumnos

permanecían amoreados no corredor, agardando para entrar. Unha profesora cuns papeis na man ía chamándoos polo seu nome. Era alta e vestía dun xeito informal; levaba o pelo moi curto e unhas lentes de montura vermella; aparentaba algúns anos menos que Clara, se cadra pola roupa de estilo xuvenil.

Cando escoitou o seu nome, «Freire Varela, Marta», entrou e sentouse no lugar que a profesora lle sinalou. As mesas estaban colocadas de dúas en dúas; a que había ao seu carón ocupábaa un rapaz que non respondeu ao seu saúdo. Aquel rapaz ollaba de cada pouco para outros dous sentados máis atrás, facendo uns acenos que Marta interpretou como expresións de desagrado por ter que compartir asento cunha rapaza (¿ou cunha descoñecida? Se cadra, polas dúas cousas).

Unha vez que todos estiveron acomodados, a profesora presentouse. Chamábase Rosa e, ademais de lles dar Ciencias Sociais, sería a súa titora. Indicoulles que a distribución alfabética era provisoria, para facilitar a identificación; pasadas dúas semanas, poderían sentar onde preferisen, e ese sería o lugar de cadaquén para o resto do curso. A seguir, leulles o nome dos profesores que impartirían as diferentes materias, faloulles do cambio que supoñía o paso de Primaria a Secundaria («con doce anos xa non sodes uns nenos», insistiu varias veces) e explicoulles polo miúdo diversas normas da vida do centro. Por último, pediulles que anotasen os seus datos persoais nunha ficha que lles repartiu.

Houbo uns minutos de silencio, mentres todos cubrían cadansúa ficha. Unha vez cumprimentadas, a profesora recolleunas e estívoas lendo e ordenando na súa mesa. Ao rematar, comentou:

—Xa vexo que vos coñecedes de antes, a maioría vides do colexio de Freixeiro. Só hai unha rapaza que vén de lonxe, de Pontebranca: Freire Varela, Marta. ¿Quen é Marta?

A profesora ollaba o espazo da clase, buscando a propietaria daquel nome. Marta ergueu a man, con algo de medo. O primeiro día, e xa a tiñan que sinalar. ¡Adeus á súa ilusión de pasar inadvertida!

—¿Así que vés de Pontebranca? –preguntoulle a profesora.

—Veño. Mudámonos este verán.

—E vives preto do Instituto, polo que vexo.

—Vivo. A miña é unha casa grande que hai case ao final da Avenida do Parque.

As súas palabras provocaron na aula un murmurio xeneralizado. «A casa enmeigada, vive na casa enmeigada», escoitou Marta entre outras frases. Sentíase atordada, parecía que todos os seus temores se ían cumprir. Notou que o rapaz sentado ao seu carón facía acenos ostensibles de se arredar dela. No medio dos rumores, escoitouse unha voz rotunda que viña das filas de atrás: «¿E onde deixou aparcada a vasoira?».

Todos calaron decontado cando a profesora puxo cara seria e ordenou silencio. A seguir, manifestou o moito que lle desgustaba un comportamento así, aquel non era xeito de darlle a benvida a unha persoa que acababa de chegar á cidade e era nova no instituto. E logo, nun ton máis amable, preguntou a que viña iso da vasoira.

Marta arrubiou intensamente. Era o que lle faltaba, ter que dar unhas explicacións que nin sequera sabía como expresar. Por sorte, o timbre que sinalaba o remate da clase veu na súa axuda.

A profesora ergueuse sen agardar pola resposta, desexoulles un bo día e deu por rematada a primeira clase.

Minutos despois entrou na aula un profesor de baixa estatura, vestido de gris de pés a cabeza, que traía cara de poucos amigos. Coma se todos se puxesen de acordo, na aula fíxose un intenso silencio. Marta observou que ninguén se movía e, co rabo do ollo, puido ver como o seu compañeiro de mesa estaba anormalmente atento, co caderno aberto e cun bolígrafo na man, preparado para escribir coa máxima concentración.

Mais non había nada que escribir. O profesor falaba e falaba, e parecía retorcer as palabras antes de dicilas, de xeito que calquera frase soaba como se estivese cargada de ameazas. Ás veces ría sen ganas, e Marta, abraiada por aquela actitude, pensou se aquel home non estaría enfermo.

Logo dun cuarto de hora de discurso, mandou saír dous rapaces ao encerado para que realizasen algunhas operacións combinadas. Cada vez que algún deles cometía un fallo, o profesor ría polo baixo. Un dos nenos non daba pé con bóla; había unha división que non lle saía e trabucouse varias veces no seu intento de resolvela. Marta sufría ao decatarse dos fallos, a ela sempre se lle deran ben as matemáticas. O profesor aproveitaba cada erro para burlarse do rapaz e, dirixíndose a todo o grupo, para deixar caer veladas ameazas sobre as clases que terían no futuro.

Tamén soou o timbre para aquel profesor tan desagradable. A clase enteira respirou aliviada cando abandonou a aula, despois de encher o encerado con exercicios de cálculo que debían traer feitos para o seguinte día. Entrou logo outra profesora que, despois de presentarse e saudalos, abriu un libro que traía canda ela, pediu silencio e empezou a lerlles un relato de misterio.

Cando xa pasaran uns minutos, Marta decatouse de que coñecía aquela historia e aquel libro; era dun autor da India, Rudyard Kipling, e lérallo Clara o inverno pasado, cando enfermara durante unha semana. Ao primeiro, había algúns nenos que non facían moito caso daquela historia; pero pouco a pouco, fose pola voz cálida e suxestiva daquela muller, fose pola intriga do relato, todos foron calando. Cando a profesora lía as últimas páxinas, a clase enteira estaba nun completo silencio.

Despois daquelas tres sesións, tiveron un tempo de recreo. Marta saíu ao patio e sentou nun banco situado nun dos extremos, preto dunhas roseiras que xa perderan a flor. De alí a pouco, unha rapaza achegouse e sentou ao seu carón:

—¡Ola! Estamos na mesma clase, non sei se te fixaches; eu séntome dúas filas máis atrás. Chámome Beatriz, pero todos me chaman Bea.

Marta viu o ceo aberto e ofreceulle a aquela rapaza o mellor dos seus sorrisos. Empezaron a conversar sobre as clases anteriores, era a única experiencia que as dúas podían compartir. Bea falaba moito e, entre outras cousas, contoulle a Marta que aquel profesor de matemáticas era famoso no instituto polo seu mal xenio, por iso todos lle tiñan medo desde o primeiro día. Cando xa levaban un tempo de conversa, Bea abordou o asunto da casa:

—¿Así que vives na casa enmei… na que está ao final do parque? Non che estrañe que sexa famosa, a maioría da clase vive neste barrio –Marta ollaba expectante para a rapaza, temerosa de que se lle notase o seu nerviosismo–. E todos escoitamos algunha vez historias raras sobre ela. A min, por exemplo, tamén mas teñen contado.

—Pois é unha casa coma outra calquera –respondeu Marta, decidida a non fuxir do tema–. «A casa enmeigada», xa sei que lle chaman así. Nós tamén escoitamos historias desas cando a alugamos. Pero non son máis que contos, pódoche asegurar que non hai nada estraño nela.

Marta agardaba que desde fóra non se notase que mentía. ¿Que outra cousa podía facer? ¿Contar que con ela vivía un fantasma, ou o que fose, e que se comunicaban por medio do ordenador? Calquera vía que aquel non era o camiño para facer novas amizades. Procurou desviar a conversa, preguntándolle a Beatriz outras cuestións relacionadas coa clase. Deste xeito, confirmou que unha maioría dos rapaces xa foran compañeiros en cursos anteriores. E que

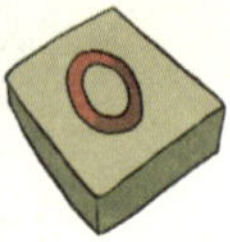

Bea, coma ela, tiña medo do cambio que supoñía o paso á Secundaria.

Bea tamén a informou sobre os profesores, ela coñecíaos polas referencias que lle deran outras alumnas que ían en cursos superiores. Faloulle ben de case todos, sobre todo da profesora de lingua. De quen lle falou moi mal foi de don Rodrigo, o que lles daría matemáticas. Non era só que rifase seguido e estivese sempre de mal xenio, senón que ademais pegaba, sobre todo aos rapaces. Había razóns sobradas para entender o medo que lle tiñan todos.

Fóiselles axiña o tempo do recreo. Cando entraron de novo na aula, Bea falou co rapaz que se sentaba con Marta e pediulle que lle cambiase o sitio, proposta que o outro aceptou con entusiasmo. Bea colleu as súas cousas e trasladounas ao novo asento. Xa falarían logo coa titora para lle explicar as razóns do cambio.

As dúas clases restantes pasaron moi rápido. Ao saír do instituto, Marta lamentou que a súa nai estivese a agardala; preferiría facer con Bea o camiño de volta. Mais non podía protestar, pois pola mañá insistíralle en que fose buscala á saída;

daquela sentíase moi soa e non podía imaxinar que atoparía unha nova amiga tan axiña.

Aquela noite, antes de deitarse, Marta prendeu o ordenador. Xa pasaba das once, e sabía que nesas horas había máis probabilidades de que Fan andase por alí. Escribiu a mensaxe acostumada e dispúxose a agardar a posible resposta:

¡Ola! ¿Estás aí?

Aínda nin tempo tivera para afastar os dedos do teclado cando na pantalla apareceu a resposta á súa pregunta:

Estou. En realidade, agardaba a túa chegada.

Alédome de que esteas, temía que non viñeses hoxe. Preciso contarlle a alguén o que me pasou no instituto.

Xa che dixen que por nada do mundo perdería o teu primeiro día de clase. Conta, ¿como che foi?

Marta comentoulle, dun xeito desordenado, todo canto lle ocorrera. Faloulle dos compañeiros, do que contaban da casa, e detívose algo máis ao falarlle de Beatriz.

Invitei a Bea a vir por aquí, así que espero que me fagas o favor de estares quieto os días que veña.

Muller, non sei por que dis iso.

Porque podías ter a tentación de presentarte con ela diante. ¿Que che parecería? Estou aquí coa miña amiga e empézanse a bater as portas, ou a acender e apagarse as luces, ou a moverse os mobles polo piso coma se estivesen vivos. ¿Ti cres que así había ter moitas amigas?

Pois colabora ti tamén. Avisa a túa nai de que elimine dunha vez a sopa de verduras. ¡Cando a cheiro, éntrame unha furia terrible!

Eu fago o que podo. Aínda que non sei se non estará conseguido xa. Onte comentou, toda enfadada, que non a facía nunca máis. Agora que o penso, ¿non terías ti algo que ver co das formigas?

Muller, nunha casa vella ten que haber formigas. E máis se vén un setembro caloroso coma o deste ano. Eu só lles axudei un pouco, porque a elas non lles apetecía nada meterse na sopa.

¡Grazas, Fan! ¡Déboche un favor! Agora déixame continuar, aínda me quedan moitas cousas que contarche.

A seguir, Marta faloulle dos profesores que tería. Cando lle comentou o que Bea lle dixera sobre don Rodrigo, a resposta na pantalla apareceu máis axiña que outras veces.

¡Pero iso teñen que ser historias inventadas polos rapaces! ¡Como vai pegar un profesor! É coma se me falas dun médico que envelena a xente, ou dun carpinteiro que rompe os mobles cunha machada. Cústame crer que as cousas sexan así.

Marta non soubo qué contestar, niso Fan levaba razón. Ademais, xa lle contra todo canto lle pasara no día. Empezaba a notar a canseira acumulada, foran moitas experiencias novas nunha soa xornada. Pensou en despedirse do seu amigo invisible, mais non quería facelo de xeito brusco. Finalmente, escribiu:

¿E como che van a ti as cousas?

Non van mal, a verdade é que me sinto mellor desde que me comunico contigo. Aínda non desisto de facelo tamén con túa nai, pero ten un bloqueo racional moi forte. Así é moi difícil entrar en contacto, por máis esforzos que faga. Co teu pai, xa sabes que nin o intento.

Estou cansa, Fan. Péchanseme os ollos. ¿Por que non seguimos mañá?

Como queiras, pero é unha mágoa. ¿Gústanche os contos? Porque hoxe traía un moi bonito para contarcho; un de fantasmas, como lles chamades vós.

Ao mellor xa o coñezo. ¿Cal é?

Trata dun home que aluga unha casa solitaria para pasar as vacacións e no faiado atopa un libro moi antigo. Ábreo e detense nunha páxina onde hai o debuxo dun neno pechado nun cuarto. Conforme pasan os días, decátase de que, cada vez que abre o libro, o neno está nun lugar distinto. Un día descobre o rapaciño agochado nun curruncho con expresión de terror e ve que hai escrita a palabra *¡socorro!* na parede do cuarto. O home non sabe que facer para salvalo do perigo que seguramente corre. E entón, de casualidade, descobre que no edificio, oculto detrás dunha falsa parede, hai un cuarto exactamente igual ao do debuxo ¿Cóntocho?

Marta decidiu que aquela historia ben valía por unha hora de sono e escribiu «si» sen dubidar. En canto o fixo, a pantalla comezou a encherse de palabras, a unha velocidade que lle permitía seguir a lectura coma se estivese escoitando o texto. Cando, de alí a unha hora, a historia rematou, Marta tiña as meixelas avermelladas e un brillo intenso nos ollos. Agora estaba segura de que Fan era unha fonte inesgotable de sorpresas e de que aquela fora a historia máis apaixonante –¡e a máis terrorífica!, non quixera bater xamais cun libro coma o do faiado– que nunca na súa vida lera.

7
A EXTINCIÓN DOS DINOSAUROS

Un día de novembro, Marta volveu do Instituto moi enfadada. O que ocorrera aquela mañá na clase era algo que non se podía tolerar. Á saída mesmo discutira con Beatriz, que opinaba que non se podía facer nada, que as cousas sempre foran así e non había máis remedio que aguantarse.

Entrou na casa e deixou a mochila nunha das cadeiras da sala. Foi logo á cociña; alí estaba a súa nai, que chegara antes do traballo.

—Mañá non vou á clase, mamá. ¡Eu isto non o aguanto máis!

—¿Como que non vas á clase? ¿Que é o que non aguantas?

—¡Non aguanto máis o animal de don Rodrigo, que cada día está peor! O de hoxe foi tremendo, nunca tal cousa vin.

A Clara xa lle resultaban coñecidas as historias que tiñan como protagonista a don Rodrigo, o profesor de matemáticas da súa filla. Desde os primeiros días, as noticias que Marta traía eran sempre negativas. Non se trataba só de que o profesor explicase de xeito embarullado; iso tiña doado amaño coas explicacións que ela lle daba na casa. O peor eran as repetidas noticias sobre as agresións verbais e, ás veces, físicas que aquel home inflixía a algúns alumnos.

Clara sempre recibía con desagrado esas informacións. Ela tamén era profesora, resultáballe doloroso recoñecer a existencia, aínda que fose moi minoritaria, de persoas que deixaban en tan mal lugar a docencia. Entrábanlle ganas de ir onda a dirección do centro e denunciar o caso, mais tamén temía exporse a unha situación ridícula. ¿Que probas achegaría? ¿Mudarían as cousas coa súa intervención? ¿Acaso non eran xa ben coñecidas as barbaridades daquel profesor?

Prometérase a si mesma que faría a denuncia o mesmo día en que aquel home molestase a Marta. Aínda que, se cadra, iso nunca sucedería; o feito de que ela tamén fose profesora outorgáballe á súa filla un estatus especial. Porque don Rodrigo non era parvo e escollía para as súas agresións aqueles alumnos (nunca lles pegaba ás nenas, con elas só utilizaba a violencia verbal) que, polas súas circunstancias familiares, era improbable que protestasen.

—¿E logo que fixo hoxe? Anda, cálmate e cóntamo.

—¿Que fixo? –Marta fervía coa indignación–. ¡De todo, hoxe fixo de todo! Non sei como non me erguín e non marchei da clase; ata discutín despois con Bea por iso, por non termos a valentía de erguernos e marchar.

—¿Vasmo contar ou non? –insistiu a nai.

—Nada máis entrar na aula, xa empezou. Hoxe durmiría mal, ou non atoparía onde aparcar, ou bebería no almorzo... ¡que sei eu! –Marta tratou de serenarse; os feitos eran tan indignantes que precisaba contalos coa maior frialdade posible–. O caso é que, antes de empezarmos a clase, achegouse a Andrés, un neno algo traste que se senta preto da porta, e arreoulle unha labazada. ¡Así, sen máis nin máis! «¿E por que me pega?», preguntoulle Andrés, aguantando as ganas de chorar. E vai o bruto ese e contéstalle: «Polas que ías facer hoxe na clase, así xa vou adiantando traballo.» ¿A ti que che parece? ¿Non cres que está tolo de remate?

A nai non respondeu e deixou que a nena continuase co seu relato:

—Despois sacou a Carlos ao encerado e mandoulle resolver unha das ecuacións que nos puxera para facer na casa. Xa o sacou adrede, estou segura. ¡Como a ía resolver Carlos, se aínda non entende ben o dos números positivos e negativos! Entre iso e o medo, escribía auténticas parvadas. E vai don Rodrigo e empeza a darlle sopapos na cabeza. Carlos protexíase coas mans, pero o profesor buscaba os ocos para seguirlle dando. E nunha destas debeulle acertar no nariz, porque Carlos empezou a sangrar moito, manchou de sangue toda a camisa, e rompeu a chorar co susto.

»Entón o brután ese parou e díxolle que non se comportase coma unha nena, que un pouco de sangue polo nariz non tiña importancia ningunha. Mandouno ir ao servizo, para limparse e botar un pouco de auga osixenada da caixa das medicinas. Despois xa debeu de quedar satisfeito pola ración de violencia do día, porque abriu ese libro vello do que copia os problemas e encheu o encerado cunha ringleira de ecuacións ben longas. E logo mandounos resolvelas, mentres el se sentaba na mesa, fitándonos con ollos ameazantes. E nós alí coma coelliños asustados, veña a facer os exercicios coa cabeza baixa, no canto de erguérmonos e facerlle o boicot, que era o que merecía.

—¡Que barbaridade! ¿E no instituto non hai ninguén que lle diga nada?

Foi o único comentario de Clara que, dun xeito egoísta, intentou que Marta se calmase. Mais a rapaza viña moi enfadada e non atendeu a ningunha das razóns que lle deu a súa nai. Tiveron unha dura discusión sobre o que cumpría facer diante dunha situación así. A nai era consciente de que Marta tiña razón, pero tentaba aplicar unha dose de pragmatismo, adaptarse a uns feitos que, ben o sabía, non tiñan xustificación ningunha. Finalmente, optou por calar ante as diatribas da súa filla. Cando a vía así, Clara comprendía que estaba a abandonar para sempre o territorio da infancia e iniciando unha nova etapa na vida. Desexou poder darlle toda a axuda da súa experiencia, aínda que, como acababa de comprobar, iso non sempre era doado.

Despois de comer en silencio a lasaña que preparara a súa nai, Marta abandonou a cociña dominada aínda polo enfado. Tras recuperar a mochila, subiu as escaleiras e dirixiuse ao seu dormitorio. Tombouse na cama, sentíase incapaz de facer nada; se algo a irritaba eran as inxustizas, e aínda máis non poderlles facer fronte. De alí a un tempo, un pouco máis calmada, ergueuse e sentou diante do ordenador. Púxoo en marcha e cargou o procesador de textos. A seguir, escribiu:

Fan, ¿estás no cuarto?

Permaneceu uns minutos diante da pantalla, agardando unha resposta que non chegaba. Deixou prendido o ordenador e, para ocupar o tempo, decidiu ordenar os apuntes e fotocopias que tiña encol da mesa. Levaba máis dun cuarto de hora absorta nese labor, cando un ruído a

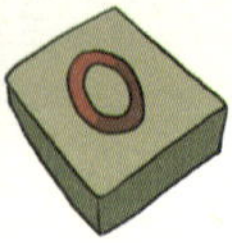

sacou da súa concentración: a mochila dos libros, que deixara sobre a cama, acababa de golpear con violencia no piso.

«¡Ten que ser Fan!», pensou Marta, ao decatarse do ocorrido. Achegouse ao ordenador e sentou na cadeira. Na pantalla, debaixo da mensaxe que escribira, había agora outra nova:

¡Ola, Marta! ¿Querías falar comigo?

A nena deu un suspiro de alivio e tecleou con rapidez:

¡Pois claro! Teño que contarche o que me pasou hoxe na clase. Quero saber o que pensas ti.

Moi ben. Pero cóntamo axiña. Hoxe non teño moito tempo.

Marta comezou a teclear con furia, escribindo dun xeito desordenado, e con moitas repeticións, todo canto ocorrera na clase de matemáticas. Ao remate, quedou mirando a pantalla con expresión ansiosa. A resposta de Fan non se fixo agardar:

Ás veces non sei que pensar do que me contas. ¿Non dis que ese don Rodrigo é profesor? ¿E os profesores non están para ensinarvos e educarvos? Hai outras ocupacións que lle cadrarían mellor a ese home: matachín, boxeador, toureiro, ditador... que sei eu. Creo que coñezo ben os humanos, xa son moitos anos soportándovos. ¡Pero isto que me contas non o dou entendido!

Tampouco o entendo eu, Fan. Seguramente é porque non se pode entender. Mamá di que todo isto vén dos vellos tempos, que profesores así non son máis que restos de épocas pasadas, coma se fosen animais prehistóricos.

Non quero desenganar a túa nai, pero a min paréceme que este dinosauro goza dunha saúde excelente. ¿E ti non cres que o tal don Rodrigo merece que lle dean unha boa lección?

¡Unha boa lección! ¡Merece que lle paguen coa mesma moeda! O que non se me ocorre é como se podería facer.

¿Sabes que? Neste caso, apetéceme moito botarche unha man.

¿Ti? ¿E como? ¿Non quedamos en que non podes saír dos límites desta casa?

E non podo, ben o sabes. Mais coa túa axuda podería chegar a moitos sitios. Ti que es tan lista, ¿non conseguirías traer algunha das cousas que usa don Rodrigo na clase?

¿Algo do que usa? Supoño que si. ¿Como que?

Tanto me ten. Chega con que o vaia utilizar na clase.

¡Iso está feito, Fan! ¡Vémonos mañá sen falta, a esta mesma hora!

8
Unha clase arrepiante

¿Que obxecto usaba don Rodrigo en todas as clases? Había dúas cousas fixas: o libro de texto e o vello manual do que copiaba os problemas con que os martirizaba día tras día. Marta decidiuse polo libro de texto, era o que lle podía traer menos complicacións. E axiña ideou un plano para facerse con el.

Ao rematar a seguinte clase con aquel energúmeno, Marta achegouse á mesa do profesor. Unha vez alí, pediulle que lle explicase unha demostración que non entendía ben. Don Rodrigo, compracido do pola presenza da rapaza, improvisou unha resposta trapalleira. Marta distraeu a súa atención con algunhas preguntas máis e, sen que el se decatase, cambiou o seu libro polo do profesor. Ao día seguinte, cando llo volvese, podería alegar que o cambio fora froito dun descoido. Todo saíu perfecto; o profesor non se decatou do troco e Marta marchou coa satisfacción de ter feito o máis difícil.

Cando chegou á casa, subiu rapidamente para o cuarto. Acendeu o ordenador e cargou o procesador de textos. Pero non lle deu tempo a teclear nada, porque axiña apareceron na pantalla as palabras de Fan:

¡Estábate agardando! ¿Trouxeches o que che encarguei?

Trouxen. É o seu libro de texto. Velaquí o teño.

Pois déixao enriba da mesa, para que eu poida... utilizalo. É mellor que marches do cuarto mentres actúo; hai cousas que os humanos non debedes ver. En dez minutos estará preparado.

Marta saíu, disposta a agardar no corredor. Do dormitorio chegaban ruídos estraños e,

durante uns momentos, un fume azulado saíu por debaixo da porta. Cando xa pasara máis dun cuarto de hora, e todo estaba en silencio, atreveuse a entrar. O libro seguía encol da mesa, tal como o deixara ao saír. Fan abrira o balcón para ventilar a estancia, e apenas quedaban restos de fume.

A nena apresurouse a mirar a pantalla. Nela había unha breve mensaxe:

> Todo amañado. Vólvelle mañá o libro e non te preocupes de máis nada.

> ¿Que vai pasar? ¿Non mo podes dicir?

> Só che adianto que ese profesor vai levar a sorpresa da súa vida cando abra o libro. Non creo que lle quede gana de poñerlle a man enriba a ningún alumno. É unha mágoa que só o vaia ver el, porque che aseguro que preparei un espectáculo do máis orixinal. Sen esaxerar, xaora; tampouco non é cuestión de que acabedes todos co pelo branco, que aínda sodes moi novos.

¿Co pelo branco?

¿E logo ti non sabes que, se unha persoa experimenta un medo moi intenso, pode branquearlle o pelo de repente? A ninguén lle gustaría estar mañá no lugar dese dinosauro, asegúrocho eu.

Ao día seguinte, nada máis entrar no instituto, Marta dirixiuse á sala de profesores e preguntou por don Rodrigo. Poñendo a expresión máis inocente, explicoulle que o día anterior, cando lle fixera a consulta, collera sen querer o libro equivocado. Quería devolverllo e recuperar o seu. O profesor non lle deu importancia ao incidente, e Marta saíu da sala cun suspiro de alivio. O máis complicado xa estaba feito.

Tiñan clase de matemáticas despois do recreo. Don Rodrigo entrou na aula coa cara de ferreiro á que xa estaban afeitos, provocando decontado unha inmobilidade xeral. O profesor decidiu que primeiro corrixirían os problemas que puxera o día anterior. Mandou saír ao encerado a Marcos e mais a outro rapaz, Henrique, que era repetidor. Houbo sorte, porque os dous tiñan o traballo ben feito nos seus cadernos, así que só tiveron que aturar algunhas bromas de mal gusto por parte do profesor, que parecía molesto pola ausencia de fallos.

Despois, don Rodrigo ordenou abrir o libro de texto para sinalarlles os problemas que debían facer. El tamén abriu o seu e comezou a pasar as follas na procura da páxina indicada.

Marta estaba en tensión, intuía que en calquera momento ocorrería algo insólito, pero non sabía que. Por iso quedou tan abraiada coma o resto dos compañeiros cando viu que don Rodrigo ficaba ríxido, con expresión de espanto, mentres estendía os brazos e deixaba caer o libro no chan. O espanto axiña foi substituído polo terror, ao tempo que o seu corpo deu en tremer coma se estivese espido nun día de xeada.

O profesor retrocedeu ata quedar coas costas pegadas ao encerado, mentres miraba para un punto situado diante del, con expresión espavorecida. Tatexaba palabras incomprensibles e os

ollos parecían querer saírlle das órbitas. Ás veces protexía a cabeza cos brazos, como defendéndose de alguén que o estivese a golpear. Era difícil entender o que dicía entre salaios; Marta só conseguiu captar algunhas frases: «Si, don Xoán»... «Non, na cabeza, non»... Tremía coma unha vara verde e tapaba os oídos coas mans, coma se alguén lle berrase os insultos máis terribles. Toda a clase asistía arrepiada a aquel espectáculo, que só Marta podía comprender vagamente. ¿Que barbaridades prepararía Fan?

A seguir, o profesor axeonllouse, coa vista fixa nun invisible interlocutor. De xeito entrecortado, repetía as mesmas palabras unha e outra vez: «¡Xúroo, si! ¡Nunca máis, nunca máis!». E nesa posición foi como o atopou o director que, atraído polos berros de don Rodrigo, acababa de entrar na aula.

Os métodos do fantasma foron contundentes porque, de alí a poucos días, chegoulles a noticia de que o profesor xa se encontraba ben, pero que solicitara unha baixa por problemas nerviosos;

o máis probable era que non regresase ao centro en varios meses. Aida, unha profesora nova, foi a encargada de substituílo. Despois da primeira clase con ela, mentres escoitaba as palabras de alivio de Bea, Marta pensou: «Din que foi un enorme meteorito o que acabou coa vida dos dinosauros. ¡Pois cacho meteorito lle caeu na cabeza a don Rodrigo! ¡Paréceme que cando volva imos coñecer unha persoa moi distinta!».

9
Adeus á casa enmeigada

As semanas seguintes pasáronlle a Marta cunha desconcertante rapidez. Como xa estaban próximas as vacacións de Nadal, os seus pais decidiron que a avoa Laura viñese pasar as festas con eles. A avoa Laura era a nai de César, e vivía soa desde que enviuvara, xa había anos. De feito, Marta nin se lembraba do avó, e a única imaxe que tiña del era a que lle ofrecían as fotos do álbum familiar.

¡Mamá Laura! O nome da súa avoa traíalle a Marta unha morea de lembranzas felices, case todas asociadas á vella casa de Oleiros, onde cada verán pasaban sempre algúns días. Lembraba a liberdade absoluta da que gozaba alí, co día enteiro para explorar o territorio fascinante que se estendía pola horta e polos cuartos da casa.

Lembraba, sobre todo, o pracer de subir polas escaleiras estreitas que levaban ao faio e entrar naquel ámbito onde os obxectos se amoreaban como dispostos en estratos xeolóxicos. A carón de moitos trastes sen interese, en cada nova expedición descubría cousas que a marabillaban: a trompeta de seu avó, gardada nun estoxo de madeira pintado de azul; as revistas antigas, de papel amarelado, con fotos doutro tempo que lle encantaba mirar; o fermoso avión de madeira co que seu pai xogara de neno...

Os días de Nadal foron moi especiais para Marta, que non parou ata ensinarlle á súa avoa os diferentes lugares que descubrira durante os últimos meses. Por primeira vez, sentía que aquel xa era tamén territorio de seu e que uns lazos invisibles comezaban a unila á cidade.

Tamén foi unha alegría esquecer os estudos durante aquelas poucas semanas, mais os días de descanso pasaron axiña. Chegou xaneiro, e Marta mergullouse decididamente no traballo e nas clases do instituto. A proximidade do parque servíalle para comprobar como se manifestaba na natureza o paso das estacións. A través dos

vidros do balcón vira pasar os días fríos do inverno, de chuvias abondosas e sol esquivo. Co comezo de febreiro empezouse a notar a medra dos días, e o agromar das follas tenras nas árbores, e a axitación rebuldeira dos paxaros. E despois xa entrara a primavera, e o cambio non se notaba só nas árbores e nas plantas, senón tamén na luz máis clara e no aire que enchía de optimismo o corazón.

No Instituto, solucionado o problema da clase de matemáticas, as cousas marchaban ben para Marta. Non encontraba grandes dificultades en ningunha materia e, sobre todo, superara por fin os medos ao cambio de colexio, de compañeiros, de cidade. O que máis lle custara fora integrarse na clase; pero todos a acabaran aceptando ben, e o feito de vivir na famosa casa do parque non pasaba de ser só un motivo para algunha broma ocasional.

A amizade con Bea facíase cada día máis sólida. Funcionara entre elas algo especial desde que falaran por primeira vez, coma se xa se coñecesen de sempre. Tamén se levaba moi ben con Ana e con Iria, outras dúas nenas da clase. As fins de semana, as catro saían ao cine ou a pasear polas rúas da cidade, coma unha panda de amigas que levasen toda a vida xuntas.

Claro que, ademais, estaba Miguel. Marta reparara nel desde o primeiro día, atraída pola súa forma de ser, alegre e tímida ao tempo. Co paso dos meses, aquela primeira atracción non fixera máis que aumentar, e sempre aproveitaba calquera pretexto que se lle presentase para falar con el. Tamén Miguel buscaba a compañía de Marta, nos cambios de clase ou nos recreos, aínda que case nunca conseguían estar sós. Ambos eran conscientes de que unha complicidade secreta estaba a medrar entre eles.

Bea sabía do seu interese por Miguel, Marta non tivera reparo en confesarllo; mais había outros segredos que nunca se atrevera a revelarlle. Coma tal, os paseos que dera polo parque co seu amigo, algunhas mañás de sábado, cando batera con el «por casualidade». A Marta encantábanlle aqueles encontros, algo máis que casuais, que lles permitían falar con liberdade.

De calquera xeito, a relación con Fan era o maior segredo de Marta. Un segredo non compartido con ninguén, nin cos seus pais nin coa súa amiga. As conversas co fantasma acabaran sendo imprescindibles para ela. Con Fan podía falar de calquera tema, confesarlle os seus temores, as súas dúbidas, as súas inseguridades. Aquel ser tiña unha paciencia inesgotable e aturaba as teimas e manías da rapaza, aínda que, ás veces, as súas ácidas respostas a ferisen e a deixasen molesta durante varios días.

Nas últimas semanas, a medida que medraban a intimidade con Bea e a súa relación con Miguel, as conversas con Fan fóranse distanciando máis. Xa non só era Marta quen tomaba a iniciativa; ás veces, era o fantasma quen reclamaba a súa presenza diante da pantalla. E se sospeitaba que a rapaza perdía interese pola conversa, Fan prolongaba o diálogo contándolle historias que conseguían engaiolala. Unhas historias que Marta desexaría poder reter palabra por palabra na memoria, porque a deixaban emocionada e co devezo de trasladalas ao papel. Pero as veces en que o intentara os resultados parecéranlle frou-

xos, moi lonxe da maxia que Fan tan ben sabía transmitir.

A rutina do curso rompeuse un día de finais de abril. Eran as últimas horas da tarde; Marta e Clara estaban na cociña, ocupadas na preparación da cea. De súpeto, escoitaron o bater da porta que anunciaba a chegada de César á casa. Pouco despois, o pai entrou na cociña.

—Familia, traio malas noticias –anunciou, en vez do saúdo que adoitaba facer. Traía un papel na man e axitábao coma se fose un vendedor das feiras–. Hoxe, na oficina, recibín este fax. ¿E sabedes quen o envía? Pois nin máis nin menos que o propietario da casa.

—Ben sabes que non me gustan os sustos –dixo Clara, con voz preocupada–. ¿Pódese saber que pasa?

—Pois que temos que mudarnos a outro lugar. O dono di que recibiu unha notificación urxente do Concello onde lle indican que esta casa será derrubada. Que a van expropiar por vía de urxencia, antes de que remate maio ten que quedar libre o edificio. Úrxenos atopar unha nova vivenda, non temos outra saída.

—¿Por que queren derrubar a casa? É antiga, pero aínda pode durar ben anos máis –a Clara custáballe asimilar unha noticia que poñía patas arriba a súa vida.

—É doado de explicar. Xusto por aquí –César sinalaba coas mans o chan da cociña– pasará a vía de circunvalación que van facer arredor do parque. As obras comezarán este verán, en decembro teñen que ter todo rematado.

—¿E logo non poden arredar esa vía uns poucos metros?

—¿Gustaríavos estar comendo e ver como pasan os coches pola sala? ¡Zuuummm, zuuummm! ¡Seguro que non había ser nada agradable! –mentres falaba, o pai seguía coa cabeza a imaxinaria traxectoria dos autos que atravesaban a cociña a toda velocidade.

—¿E por que lles entraron agora tantas présas? –preguntou a nena.

—Marta, filliña, ¿non sabes que a primeiros de ano hai eleccións? Van remodelar toda esta zona, para daquela ten que estar rematada a obra. O 31 de maio é a data límite para deixar libre a casa. Xa nos podemos mover, se non queremos ter que montar unha tenda de campaña no parque.

«¡Fan!», lembrou Marta, en canto comprendeu as consecuencias daquelas palabras. ¡Se tiraban a casa, iso querería dicir que o fantasma quedaba libre da maldición, esa da que nunca lle quixera falar! Libre para ir onde el quixer. ¡Debía avisalo canto antes!

Subiu as escaleiras coma un foguete e conectou o ordenador. Cando se iluminou a pantalla, tecleou con rapidez:

Fan, ¡noticias frescas! ¿Estás aí?

As teclas comezaron a moverse soas, mentres a nena botaba un suspiro de alivio.

Cóllesme de casualidade. Detecto unha sensación estraña no aire. ¿As túas noticias teñen algo que ver con iso?

Supoño que si. ¡Van derrubar esta casa!

Daquela quedarás libre. Libre para ires onde desexes.

¿Derrubar a casa? ¿Estás segura do que dis? ¡Cóntame todo canto saibas!

A resposta de Fan producírase á velocidade do raio. Marta tecleou con rapidez a información que tiña sobre o asunto, que tampouco era moita. Cando rematou, a nova resposta do fantasma demorouse durante algúns minutos. Era doado comprendelo, a noticia supuña un cambio radical na súa vida.

¡Libre! ¡Levo tantos anos agardando este momento! Pero algún día tiña que chegar. Só lamento que ocorra cando ti estás aquí.

Eu tamén o sinto, Fan. Voute botar de menos. Non sei como me hei afacer a estar sen ti.

Haste afacer ben. ¡Haiche moito mundo fóra da casa! Xa verás cando o descubras.

¿E ti que pensas facer?

Hai centos de camiños. Terei que pensar cal elixo.

Agora teño que deixarte. Esta noticia altera todos os meus plans. Debo solucionar varios asuntos canto antes. Adeus.

Marta aínda tecleou algunhas frases máis, tentando prolongar a charla, pero axiña comprendeu que era inútil. Descoñecía os sentimentos que pode ter un fantasma, mais non lle resultaba difícil adiviñar os que Fan experimentaría naquel momento. E sabía por propia experiencia que, en casos así, a soidade é a mellor compaña.

A rapaza apagou o ordenador e achegouse ao balcón. Permaneceu de pé, coa mirada fixa no exterior, observando como as sombras do crepúsculo se estendían devagariño polo parque, case deserto a aquelas horas. Entristecíaa a certeza da próxima demolición do edificio. Era consciente das redes de afecto que se foran formando entre ela e aquela casa, que xa podía percorrer cos ollos pechados e que sentía como súa. ¿Que ocorrería nos meses vindeiros? ¿Habería que volver de novo ao punto de partida, ao día amargo en que abandonaran o piso de Pontebranca?

Algúns días despois, a noticia apareceu con grandes titulares nun dos xornais da cidade. A información ocupaba as páxinas centrais; dous periodistas elaboraran unha ampla reportaxe sobre os cambios que traería a estrada de circunvalación. Había unha entrevista coa concelleira de urbanismo, unha extensa descrición do parque e da rica variedade de árbores que albergaba e, para abraio de Marta, un recadro dedicado á casa onde vivían.

Ao parecer, o edificio tiña máis sona da que pensaba, e o feito de que Fan levase inactivo unha boa tempada non chegara para que a xente o esquecese. O recadro contiña un texto a dúas columnas, ilustrado cunha foto da casa:

ADEUS Á CASA ENMEIGADA

Podería ser a casa onde se rodou *Psicose*, o célebre filme de Alfred Hitchcock, ou unha das vellas mansións descritas nos inquietantes relatos de H. P. Lovecraft. En realidade, trátase dunha das mellores mostras da arquitectura colonial de primeiros de século que temos na cidade. «A casa enmeigada», como a coñecen no barrio, será unha das que se derruben para construír a nova avenida que circunvalará o parque e contribuirá a facer máis fluído o tráfico da zona sur.

A casa data do ano 1921 e construíuse por decisión dun home hoxe inxustamente esquecido, Xan L. Domínguez, que se instalou na nosa cidade despois dunha longa estadía en Cuba. Preocupado pola cultura, en 1924 fundou e dirixiu a revista *Lóstrego*, que desempeñou un importante papel dentro dos movementos artísticos de vangarda. Nela colaboraron escritores tan ilustres como Álvaro Cunqueiro e Manuel Antonio, ou pintores que acadarían grande sona anos despois, como Luís Seoane ou Maruja Mallo.

Xan L. Domínguez, simpatizante da causa republicana, desapareceu no verán de 1936, durante a cruel represión que houbo en Galicia. Nunca se encontrou o seu corpo, posiblemente soterrado nalgunha fosa común. As súas propiedades, incluída a casa do parque, foron confiscadas polo bando vencedor. Tras o remate da guerra civil, ocorreron nela estraños sucesos que contribuíron a dotar dunha auréola maldita o edificio. Falouse de aparicións espectrais, ruídos inexplicables e outros raros fenómenos, mais nada puido ser demostrado.

Desde os anos corenta, a vivenda tivo diversos inquilinos, aínda que tamén permaneceu deshabitada durante longos períodos de tempo. No ano 1977, co restablecemento da democracia, foilles devolta aos herdeiros do indiano, que a mantiveron en réxime de aluguer ata o día de hoxe.

Rumores nunca confirmados manteñen que os fenómenos paranormais seguiron producíndose ata datas recentes. Na actualidade, esta orixinal vivenda está alugada a unha familia que reside desde hai escaso tempo na nosa cidade.

10

Malos tempos para os fantasmas

O que Marta non podía imaxinar era que a reportaxe do xornal traería consecuencias relevantes. Dous días despois da publicación, pouco antes das seis da tarde, chamaron na porta da casa. A nena baixou a abrir, mais xa se lle adiantara a súa nai, que mantiña a man no tirador da porta e ollaba con curiosidade a persoa que tiña diante.

Marta recoñeceu decontado aquela muller, a súa imaxe aparecía con frecuencia na televisión e nas revistas. Tratábase de Maika Louro, famosa polo seu programa dos venres, *As fronteiras do descoñecido*, un dos que gozaba de maior audiencia semana tras semana.

Aínda que se emitía en horas nocturnas, tamén o vían moitos rapaces, e os seus contidos suscitaban múltiples comentarios entre o alumnado do instituto.

—¡Boas tardes, señora! Permítame presentarme, aínda que quizais xa me coñeza vostede: son Maika Louro, da TVL. Dirixo e presento o programa *As fronteiras do descoñecido*.

Clara esbozou un sorriso interrogativo, sen saber que dicir ante aquela visita inesperada. A periodista, pola contra, traía o seu discurso moi ben aprendido:

—Verá, o motivo da nosa visita é moi doado de explicar. Queremos facer unha reportaxe sobre esta casa, supoño que coñece as estrañas historias que contan dela. Xa nos puxemos en contacto co señor Aquiles Mendiguren, o propietario actual; por el non hai inconveniente ningún, pero indicounos que debiamos falar cos actuais inquilinos. E aquí estamos. ¿Que me di vostede?

Clara non puxo obxección a que entrasen as cámaras na casa, unicamente lles pediu que molestasen o menos posible. Maika viña acompañada por un equipo de cinco persoas, que axiña prepararon cámaras e focos, enchendo de cables o espazo da planta baixa.

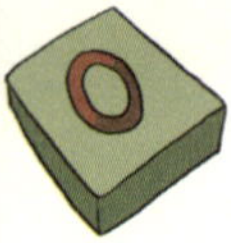

A Marta pareceulle que a periodista se sentía defraudada polo feito de encontrar unha casa normal, con mobles e obxectos semellantes aos de calquera outra. Entroulle un pouco de medo ao pensar que nalgún momento, atraído pola novidade, o fantasma fixese algunha trasnada. «Fan, polo que máis queiras –pregou Marta, en voz baixa–, non se che ocorra agora mover nin unha folla de papel, que logo sae na tele e acaba sabéndoo todo o instituto.»

Mentres os do equipo gravaban dentro e fóra da casa, Maika expresou o desexo de facerlles unha entrevista para incluír as súas opinións na reportaxe. Pareceulles unha experiencia divertida, así que accederon sen problema. Despois de conversaren durante ben tempo, a periodista despediuse delas e anuncioulles que a gravación se emitiría no programa do vindeiro venres.

Era un programa que nin Marta nin a nai querían perder. Ese venres, vencendo as protestas de César, levaron a cea para a sala e dispuxérono todo para ver con comodidade *As fronteiras do descoñecido*.

O programa tiña varias seccións, nas que se abordaban temas de astroloxía, ovnis e fantasías semellantes. Aquela noite comezou cun espazo dedicado á influencia dos astros na vida das persoas e seguiu cunha extensa entrevista a un home de barba e cabelo brancos, que aseguraba proceder do futuro e ser un viaxeiro do tempo; visitara as épocas máis importantes da historia da humanidade e ofrecíase a revelar datos que cambiarían a nosa visión do mundo.

A reportaxe sobre a casa do parque era o prato forte daquel venres e deixárana para o final. Tras unha interminable sucesión de anuncios, apareceu no televisor o título da reportaxe:

Malos tempos para os fantasmas

O rostro de Maika ocupou a pantalla durante varios minutos, mentres presentaba o tema estrela do programa. A seguir, apareceu unha sucesión de inquietantes imaxes da casa, escurecidas artificialmente para darlles un aire tenebroso. Gravaran coa cámara en man e con frecuentes encadres en contrapicado, e calquera parecido coa realidade era inexistente. Por riba, a banda sonora ofrecía unha música inquietante, acompañada de ouveos prolongados, coma os dunha manda de lobos.

Cando aínda non transcorreran nin cinco minutos, as protestas indignadas de Clara, César e Marta facían imposible escoitar nada do que na pantalla se dicía. Os tres pasaran polo abraio, polo enfado e, finalmente, por unha furiosa irritación. A voz en off que acompañaba a reportaxe aseguraba que na casa se producía unha continua sucesión de fenómenos estraños, e que as persoas que a ocupaban (¡ou sexa, eles!), malia viviren nun continuo sobresalto, non eran capaces de abandonala, «coma se fosen prisioneiros dunha maldición que os ataba ao edificio».

Na pantalla apareceron Marta e Clara falando ante a cámara, como fixeran durante a entrevista. Mais non eran as súas voces as que se escoitaban, senón outras que lles facían pronunciar afirmacións que non se lles ocorrerían nin nos seus peores pesadelos. Xa no remate, aparecía a terraza da casa, cuns primeiros planos do telescopio, mentres a voz de Maika tomaba a liberdade de especular sobre «a oculta natureza das actividades de Clara», insinuando que se servía do aparello para realizar «prácticas herdeiras das protagonizadas polas bruxas que poboaron en tempos antigos o noso país».

Ao día seguinte, Marta espertou cedo. Respirou aliviada ao lembrar que, por ser sábado, non tería que ir ao instituto. Non lle apetecía nada aparecer pola clase despois do programa da outra noite, que mesmo provocara unha ácida discusión entre os seus pais.

Clara levaba colgada do teléfono desde a primeira hora da mañá, tratando de comunicar con Maika Louro. Pero nas oficinas da televisión indicábanlle unha e outra vez que aínda non chegara. Por fin, pasado o mediodía, conseguiu falar coa presentadora. Marta só escoitaba as intervencións da súa nai, cada vez máis subidas de ton, pero non era difícil adiviñar o que Maika dicía desde o outro lado do teléfono:

—¿É vostede Maika Louro? ¡Por fin! ¡Xa pensei que decidira emigrar á Patagonia!

—...

—Chámoa para expresarlle a miña protesta máis enérxica pola reportaxe de onte sobre a nosa casa. ¡Foi todo unha restra de mentiras, sábeo tan ben coma min! ¡Coidaba que terían máis respecto pola verdade!

—...

—¡Pero que punto de vista nin que farrapos de gaita! ¡É vostede unha desvergonzada e unha mentireira! ¡Ou unha lurpia, que comercia coa vida da xente!

—...

—¡Como se atreve a dicir que todas as opinións son respectables! ¡Oxalá fose certo! ¿Que opina logo das barbaridades que nos fixeron dicir á miña filla e mais a min? ¿Onde deixaron canto lles contamos aquela tarde?

—...

—¡E a min que me importa que a audiencia medrara doce puntos! ¡Eses vanllos ter que dar a vostede cando a colla diante! ¡O que lles debería medrar é a vergonza!

—...

¿Así que buscan provocar emocións fortes? ¿E por que non se disfraza vostede de vampira e lle zuga o sangue a algún colaborador? En directo, había quedar moi ben. ¡Daquela si que lles medraría a audiencia!

—...

—¡Como se atrevan a poñer outra vez os pés nesta casa, van saber o que é o medo!

¡Sentirán terror, e non dos seres de ultratumba, senón de min!

—...

—¡Co telescopio voulle dar ben sei eu onde! ¡Vampira! ¡Cretina! ¡Fata! ¡Samesuga! ¡Imbécil!

Cando Clara colgou o teléfono, Marta sentiu desexos de aplaudir. ¡Moi ben, si, señora! ¡Vaia repaso que levara a tal Maika! En momentos así, a admiración pola súa nai case non tiña límites.

11
Unha doce vinganza

Tras a conversa entre Clara e a presentadora, Marta decidiu que Fan merecía coñecer polo miúdo as mentiras daquela cara lavada. Subiu ao dormitorio, pechou a porta e prendeu o ordenador. Tivo sorte, porque Fan andaba por alí; en realidade, como axiña lle aclarou, estaba a agardar por ela:

> Percibo vibracións estrañas na casa desde onte á noite. Especialmente por onde pasa a túa nai, nunca vin un rastro de enerxía tan potente. ¿Pódesme explicar o que sucede?

Aínda que lle levou bastante tempo, Marta tecleou un bo resumo de todo o ocorrido desde o

día en que Maika Louro e os seus colaboradores viñeran realizar a reportaxe. O fantasma só a interrompeu dúas ou tres veces, para pedir aclaracións sobre algún punto. Cando acabou de contarlle todo, a resposta de Fan non se fixo agardar:

É unha burla para vós, e das grandes. Mais tamén é unha ofensa para min. ¡A ver se pensan que son un deses ridículos fantasmas das películas! ¡Xa non se respecta nada! Claro que algo de culpa tamén a tes ti, con esa teima de pedíresme que non me manifeste. ¡Puiden montarlles unha boa o día que viñeron gravar!

Perdoa, Fan. ¿Como ía saber que pasaría unha cousa así?

Agora xa foi, non hai que lle facer. ¿A ti non che parece que a tal Maika merece un bo escarmento?

¡Xaora que o merece! Mais non vexo como poderiamos darllo.

Mándalle bombóns.

Cando leu a resposta, Marta pensou que Fan desvariaba. ¿Que terían que ver os bombóns co que falaban? Mais o fantasma insistiu:

Que lle mandes bombóns. Ou outra cousa de comer, pero o mellor son os bombóns. E antes déixame manipulalos, naturalmente.

¡Agora si que Marta entendeu o que quería dicir o seu amigo! Rindo polo baixo, foi ao caixón da mesa onde gardaba os cartos e colleu a cantidade necesaria para comprar a inesperada encarga. Era unha sorte ter algún diñeiro aforrado para facerlles fronte a urxencias coma aquela.

Ao pouco tempo, Marta xa estaba de volta. Traía baixo o brazo unha caixa de bombóns de licor, coidadosamente envolta en brillante papel de agasallo. Na pantalla encontrou unha nova mensaxe:

Non quero facerche dano. Deixa a caixa na mesa e marcha do cuarto. Non entres ata escoitares tres golpes.

Deixou a caixa na mesa e saíu, tal como o fantasma lle pedira. Calculou que con media hora Fan tería máis que suficiente. Mentres, foi ao estudio de Clara e redactou unha breve nota para acompañar o paquete:

Estimada Maika:

Creo que a miña nai foi inxusta con vostede. A min encantoume o programa, tan cheo de fantasía e creatividade. Acepte este agasallo como desagravio. Atentamente,

MARTA

Aínda non pasara a media hora cando escoitou tres golpes no interior do cuarto. Ao entrar, atopou tirados no piso tres grosos tomos da enciclopedia, ao fantasma encantábanlle as bromas así. Non lles fixo caso ningún e foi ver a caixa de bombóns, que estaba tal como a deixara. Na pantalla aparecía unha breve mensaxe:

¡Mándallos canto antes, porque este encantamento perde axiña as súas propiedades! Agora hai que agardar ata o programa do venres. Adeus.

Marta meteu nun sobre a nota que escribira e logo introduciuna, xunto coa caixa de bombóns, nun gran sobre acolchado que colleu do lugar onde os gardaba Clara. Sobre unha etiqueta adhesiva, escribiu o nome de Maika e o enderezo das oficinas da televisión. Despois saíu e foi ata unha axencia de transportes por diante da cal pasaba cada día, camiño do instituto. Temía que non traballasen en sábado, pero houbo sorte: malia o tarde que era, aínda tiñan aberto. Deixou o paquete, pagou os portes correspondentes e regresou á casa. Agora cumpría agardar a que todo saíse como Fan e ela desexaban.

Marta pasou inquieta toda a semana, esperando a chegada do venres. Na clase, as bromas foran menos das que temía. Quizais porque os rapaces se decataban de que todo era unha inmensa esaxeración; ou, se cadra, porque algúns tomaran en serio a reportaxe e temían molestar a Marta, por se posuía poderes estraños. O caso foi que apenas houbo comentarios, agás os Beatriz e as outras da panda, que comprendían o tremendo enfado da súa amiga.

O venres, Marta manifestou un afervoado interese por ver o programa de Maika Louro. Os pais non querían, pero logo dunha tirapuxa deixáronse convencer. Á hora sinalada estaban de novo os tres sentados na sala, fronte ao televisor. Quen en realidade estaba atenta era Marta, pois Clara e César parecían máis interesados na lectura dos xornais do día.

Comezou o programa coa música de misterio que adoitaban utilizar. A seguir, apareceu na pantalla Maika Louro para facer a presentación dos espazos que tratarían aquela noite. En canto deu en falar, os pais tiveron que abandonar os xornais e unirse ás gargalladas de Marta, que se retorcía de risa co que estaba a oír. Non era para menos, porque a voz da presentadora sufría unhas estrañas oscilacións, que ían desde graves tons de ultratumba ata tons máis agudos ca os dunha soprano. Con toda aquela sinfonía de ridículas voces, parecía máis un programa de humor ca de misterio.

Houbo un corte inesperado e a imaxe desapareceu da pantalla, que se cubriu de negro durante un ou dous minutos. Unha voz informou da existencia de dificultades técnicas que axiña serían resoltas. Despois dun longo bloque de anuncios, volveu aparecer Maika Louro co seu falar habitual, aínda que visiblemente nerviosa. Fixo unha rápida presentación e anunciou a entrevista cunha persoa que había só uns días vira un ovni na comarca da Terra Chá.

A entrevista foi un desastre total. Maika trabucábase unha e outra vez, repetía palabras, tatexaba e dicía frases incoherentes. A cada pouco saía da súa gorxa un son de animal, distinto de cada vez –de gato ou de ovella, de galiña ou de can–, coma nun concurso de imitacións. Na despedida, Maika mirou á cámara e declarou: «Señores espectadores, todo o que veñen de oír na entrevista é mentira. Este home non está ben da cabeza, eu creo que non merece nin as vinte

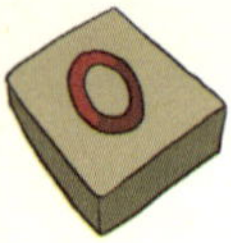

e cinco mil pesetas que lle pagamos polas súas declaracións. Ademais...».

Maika Louro seguiu falando, pero alguén eliminara o son desde a sala de control; aínda que movía os labios, non se lle escoitaba nada. Nese momento, da súa boca empezaron a saír unhas curiosas pompas de xabón de diferentes cores, que se elevaban lentamente e se amoreaban no aire, formando entre todas unha figura humana. Aquela especie de ectoplasma fixo un aceno de burla dirixido á cámara, e iso xa debeu de ser excesivo para o realizador, porque a imaxe desapareceu e a pantalla quedou en negro durante algúns minutos. Cando se recuperou a emisión, un locutor explicou que, por dificultades técnicas insalvables, non podían seguir emitindo o programa e daban paso á proxección dunha película.

Aquela edición d'*As fronteiras do descoñecido* fora de escachar coa risa. Media poboación debía de estarse burlando das parvadas de Maika Louro, o mesmo que Marta e os seus pais.

—¿Non quería audiencia? ¡Pois desta vez vailles subir coma un foguete! –exclamou Clara, con entusiasmo.

«¡Este Fan é incrible!», pensou Marta. «¡Non creo que a Maika lle queden ganas de facer máis programas cheos de mentiras! E, ben mirado, tampouco creo que lle apeteza probar os bombóns durante unha boa tempada!»

12
A conversa derradeira

—Hoxe tes que desconectar o ordenador, Marta. E gardar a roupa e as túas cousas nas caixas, deixa fóra só o imprescindible. Lembra que mañá ás dez veñen os das mudanzas para cargar todo o que non sexan os mobles.

Marta non respondeu ás palabras do seu pai, que lle lembraban o que xa sabía. Estaban a almorzar os tres xuntos, nunha cociña iluminada polo sol da mañá, coma se aquela fose unha xornada festiva. Mais non o era, e a presenza de César debíase a que pedira tres días no traballo para ocuparse dos labores que levaba aparellados un traslado. Clara fixera outro tanto no seu instituto, e Marta xa avisara á titora da razón pola que estaría ausente.

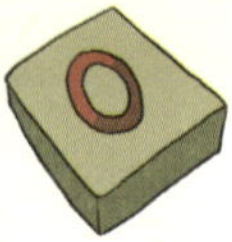

Á nena pasáranlle moi rápido as últimas semanas, como consecuencia do ritmo frenético que se instalara na súa casa desde o anuncio da expropiación. Durante moitos días, os pais non fixeran outra cousa que dedicar o tempo libre á procura dunha nova vivenda. Paralelamente, unha sensación de provisionalidade empezou a instalarse na súa vida cotiá. Desde que sabían da necesidade de marchar, o lugar asignado a cada obxecto deixara de ter importancia. Os xornais atrasados aparecían por calquera lugar, abertos sempre polas páxinas dos anuncios por palabras. E Clara, facendo chamada tras chamada, semellaba estar unida ao teléfono por un cordón umbilical.

As dificultades parecían acumularse a medida que pasaban os días, e Marta pensaba que quizais o de instalar unha tenda de campaña no parque era algo máis que unha ocorrencia do seu pai. Pero desde había dúas semanas, os problemas empezaran a solucionarse: os pais conseguiran alugar unha nova vivenda e arranxaran con rapidez todo o papelorio. Chegara o momento de enfrontarse ao novo traslado, que farían ao longo de dous días.

«¡Non podo desenchufar o ordenador sen falar antes con Fan!», pensou Marta. «¡Vai ser a nosa conversa derradeira!»

Comentoulle a Clara que estaría recollendo as cousas no seu cuarto, mais o que en realidade desexaba era que non a molestase ninguén. Xa no dormitorio, pechou a porta por dentro e prendeu o ordenador unha vez máis. A seguir, escribiu unha breve mensaxe:

> Fan, teño que falar contigo. Ven axiña, por favor.

Notábase que tamén o fantasma andaba á espreita, porque a súa resposta apareceu decontado:

> Xa levo un tempo no cuarto, agardándote. ¿Como van as cousas?

> ¡Malas noticias, Fan! Hoxe teño que desconectar o ordenador, van vir buscalo mañá. E logo xa nunca máis poderei falar contigo.

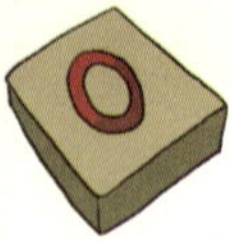

Ou sexa, que por fin atopastes casa nova. ¿Pódese saber por onde queda?

Non cadra lonxe de aquí; na outra banda do parque, preto de onde vive Beatriz. Pero non é unha casa, é un piso. Un sexto, cunha terraza ampla, para que mamá poida seguir co seu observatorio e co estudo das estrelas.

¿E logo canto falta para que derruben este edificio?

Dúas ou tres semanas, polo que lle oín a papá. ¡Daquela quedarás libre! ¿Por que non te trasladas á nosa nova casa?

¡Para outra casa non vou, habería que estar tolo! Ademais, e que non che pareza mal, porque non vai por ti, xa estou farto do trato cos humanos. Prefiro perdelos de vista unha boa tempada.

¿E onde pensas ir?

Case seguro que marcharei da cidade. Enfadástesvos coa da televisión, pero esa muller quizais dicía a verdade: estes son malos tempos para os fantasmas.

Pois eu voute botar moito en falta, Fan.

Tamén eu a ti. A ti e mais á casa. Parece mentira, pero tampouco desexo marchar lonxe; ata os da miña estirpe acabamos colléndolles agarimo aos lugares onde vivimos. Quizais quede polo parque durante uns meses. Apetéceme, ofrece moitas posibilidades de diversión. E logo, xa veremos.

¡Vou sentir moito que te vaias!

Deixa agora iso, Marta. Imos aproveitar esta última conversa. Hai tempo que non me contas nada da túa vida. ¿Como che vai na clase?

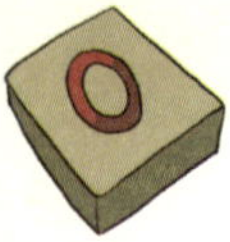

Na clase vaime ben, mellor do que pensaba. O curso resultoume moi fácil, seguro que aprobo todo. En realidade, non notei tantas diferenzas co colexio de Pontebranca. Custoume integrarme no grupo, ben o sabes. Supoño que esas cousas levan tempo.

¿E que tal as relacións con Beatriz?

É a miña mellor amiga. De non ser por ela, todo me sería máis difícil. Foi unha sorte encontrala, axudoume desde o primeiro día. ¡Máis dunha vez estiven tentada de contarlle a nosa amizade secreta! Pero nunca o fixen, isto é un asunto entre ti e mais eu.

¿E con Miguel? ¿Como che vai ultimamente con Miguel?

A cara de Marta arrubiou de repente. ¡Así que ata Fan o sabía! ¡Pensaba que só Bea se decatara dalgunhas cousas! Menos mal que o fantasma non podía vela, dáballe vergonza sentir o sangue ardéndolle nas meixelas. Mais sabía que era ridículo negarllo ao seu amigo:

Non vou disimular contigo, Fan. Gústame moito Miguel, e eu quixera gustarlle tamén a el. Se agora me obrigasen a cambiar outra vez de centro, ía ter un desgusto de morte. Pero dime, ¿ti como o sabes?

Seino desde o primeiro día en que me falaches del. Era fácil notar cómo variaban as vibracións cada vez que escribías o seu nome. Ademais, non é nada malo, ¿non che parece?

Pasaban os minutos e a conversa continuaba sen interrupcións, as palabras ían enchendo pantalla tras pantalla. Ningún desexaba finalizar aquel diálogo, ambos os dous eran conscientes de que nunca máis volverían falar.

Teño que apagar o ordenador, Fan. ¿Non habería maneira de continuarmos en contacto? ¡Quixera seguir sabendo de ti!

É mellor así, Marta. Hai cousas que os humanos non podedes entender. Coñeciches o meu lado amable, mais tamén podo ser terrible. ¡Nin sequera eu sei como aguantei tanto tempo sen facer ningunha desfeita!

Fan... ¿A quen lle vou contar agora as miñas cousas?

Pois a Bea. E a Miguel. E a outras amigas e amigos que ti aínda non coñeces, pero que han aparecer na túa vida. Eu non vou andar máis ao teu rabo. ¿Ou queres que os meus colegas me acaben chamando «o fantasma da garda»?

As últimas palabras quedaron brillando na pantalla. Marta mirábaas sen decidirse a cortar a comunicación. De alí a un pouco, apareceu escrita unha nova liña:

Adeus, Marta. Foi bonito verte medrar todos estes meses.

¿Como medrar? Medía un cincuenta e nove e agora mido un sesenta e dous. ¡Non foi medrar o que máis fixen este ano!

Eu ben me entendo. ¡Ala, apaga xa!

Marta seguía dubidando, sen saber que facer. Sempre lle custaban as despedidas, pero esta moito máis. Nunca volvería falar con Fan, un ser que tanto a asustara ao primeiro e que acabara por facérselle imprescindible. Tecleou a que sería a súa derradeira frase:

Adeus, Fan. Por riba de todo, é unha despedida triste. ¡Nin un bico nos puidemos dar!

¡Iso si que ten amaño, Marta! Cando desconectes o ordenador, busca un punto brillante que aparecerá no medio do cuarto. Achégate e el e trata de bicar o aire nese punto.

Ah, xa me esquecía: ¡non faltes o día que derruben esta casa!

Contra a súa vontade, Marta desenchufou os cables. Sentía un nó na gorxa e un baleiro no corazón; era difícil aceptar que aquela relación finalizara. Desconcertada, buscou o punto brillante ao que se referira Fan. Axiña o localizou: unha intensa luz do tamaño dun chícharo brillaba a uns cincuenta centímetros por riba da súa cabeza. Arrimou unha cadeira e subiu a ela. Tivo que baixarse e movela outras dúas veces, ata que o punto luminoso quedou á altura dos seus labios. Entón pechou os ollos e bicou aquela luz.

En canto o fixo, sentiu que a envolvía un cálido remuíño e que flotaba no aire do cuarto. A realidade esvaeceuse ao seu redor: o dormitorio, a casa, o parque e a cidade enteira. A seguir, deixouse arrastrar nunha viaxe por un territorio que semellaba o dos seus soños. E despois sentiu que caía desde unha altura infinita, primeiro a gran velocidade e logo mainamente, ata aterrar nunha superficie suave e mol.

Abriu os ollos. Xa non estaba de pé na cadeira, senón tombada na cama do seu cuarto. No

O mesmo cuarto onde se atopaban as súas pertenzas, no mesmo lugar onde tantas veces conversara co seu amigo fantasma, a través dun ordenador agora mudo e apagado.

13
O REMATE DA MALDICIÓN

A voadura da casa do parque, a demolición da senlleira casa enmeigada que tanta publicidade acadara, provocou unha enorme conmoción en toda a cidade. A noticia do sucedido fixo correr ríos de tinta e suscitou as máis variadas interpretacións por parte dos expertos en fenómenos paranormais.

As persoas que aquela tarde presenciaron a derruba tardarían moito tempo en esquecer o ocorrido; e sempre lles quedaría a dúbida de se asistiran a un feito real ou só foran vítimas dun estraño caso de suxestión colectiva, tal como concluíu o informe oficial.

Marta, Bea e Miguel estaban entre a xente que presenciou a voadura. A rapaza seguira o consello de Fan e decidira asistir á demolición da que ata había poucas semanas fora a súa casa, o

lugar onde vivira tantas experiencias extraordinarias. E pedíralle aos seus dous mellores amigos que a acompañasen, era un acontecemento ao que non quería asistir soa.

Foron en bicicleta ata o parque. Ao chegaren, comprobaron que se xuntara un considerable número de persoas. Os técnicos levaban varias horas ocupados na colocación das cargas de dinamita que habían derrubar a casa. Unha longa fita vermella e branca indicaba o límite ata onde se podía achegar o público ansioso por contemplar o espectáculo.

Cando os técnicos remataron a colocación dos explosivos, o capataz ordenoulles que se retirasen. Nese mesmo instante, sen que obedecese a causa ningunha, unha néboa mesta empezou a brotar do terreo que rodeaba a casa, coma se agromase desde os cimentos. En vez de se estender polo arredor, a néboa foi ascendendo paredes arriba, coma unha hedra de fume, ata cubrir todo o edificio. Semellaba que a casa enteira fora devorada por aquela enorme nube gris.

A seguir, coa mesma velocidade con que se formara, a néboa deu en rarear e esvaeceuse ata desaparecer. A casa xurdiu de novo ante os ollos de todos; só que agora as paredes desprendían unha estraña fosforescencia, e os vidros das fiestras semellaban tinguidos con pinturas de cores rechamantes. Eses vidros comezaron a iluminarse de xeito alterno, coma pezas dun mosaico que se acendían ao ritmo dunha música que ninguén oía.

O ritmo de acendido e apagado dos vidros foise intensificando ata que todas as cores deron en brillar ao mesmo tempo, con inusitada intensidade. Entón, coma na traca final dunha sesión de pirotecnia, os cristais das fiestras saltaron en anacos polos aires, ao tempo que se escoitaba un son agudo e penetrante. Logo, o fenómeno luminoso desapareceu e todo quedou en silencio.

O encargado da voadura foi o primeiro en saír do abraio. Pediu que se afastase todo o mundo e achegouse ao detonador que activaría as cargas explosivas. Premeu un botón vermello e, un instante despois, escoitouse o ruído grave e profundo das explosións. Durante un momento máxico, a casa pareceu quedar suspendida no aire, nun equilibrio imposible. Logo, como a cámara lenta, foise encollendo sobre si mesma,

ao tempo que as paredes fendían e se rompían en anacos, nuns segundos que pareceron eternos. Finalmente, derrubouse con estrondo, formando unha enorme nube de po na súa caída.

Cando o po se esvaeceu e xa semellaba que todo concluíra, un turbillón de intensa cor azul xurdiu de entre os cascallos, diante da mirada atónita dos presentes, que non acertaban a comprender aquel fenómeno. O remuíño comportábase coma se tivese vida propia, adoptando as máis estrañas formas.

Despois de sucesivas transformacións, aquel turbillón de gas azulado foise estirando cada vez máis, ata semellar unha frecha lanzada a considerable altura. Finalmente, a enorme frecha azul tomou a dirección norte e desapareceu, deixando un rastro semellante ao que sinala no ceo a traxectoria dos avións a reacción.

As persoas alí presentes foron saíndo do seu pasmo, coma se acordasen dun soño. Marta era a única que podía entender a orixe daquela «despedida» tan orixinal. Quedou uns minutos ollando para o ceo, cun sorriso nos labios. «Adeus, Fan», dixo en voz baixa, «nunca te hei esquecer.»

Despois buscou os seus amigos coa mirada. Bea fitábaa cunha ollada inquisitiva, como avisándoa de que algún día tería que contarlle os segredos daquel fenómeno extraordinario e que non se ía conformar cunha explicación calquera. Miguel ollaba para o chan, coas mans metidas nos petos, e parecía absorto nos seus pensamentos. Seguramente tentaba atopar unha explicación, por fantástica que fose, aos feitos dos que acababa de ser testemuña.

—Ímonos –dixo Marta–. Aquí xa non hai nada máis que ver.

Montaron nas bicicletas e botaron a andar por un dos carreiros que atravesaba o parque. Mentres pedaleaba, Marta rememorou todo canto ocorrera desde que a súa familia chegara á cidade. Sentía que aquel era o momento de dicirlle adeus a unha etapa da súa vida. Adeus aos últimos meses, adeus a tantos medos, adeus a aquela casa e a aquel fantasma amigo, co que tanto falara a través do ordenador.

Contemplou o camiño que se abría ante ela, beireado de pradairos, e logo ollou para Miguel e Bea, que pedaleaban á carón súa, decididos a seguila. Sentiu que non estaba soa, que canda ela ían dous amigos verdadeiros. Contemplou por última vez o ceo, onde xa apenas quedaban restos daquel fume azul, e sorriu. ¡Oxalá Fan puidese atopar, na súa nova vida, unha compañía tan boa como a que ela tiña agora!

Índice

Páx.

Agustín Fernández Paz en *Merlín*:

Valados
Ilustracións: Xan López Domínguez

A cidade dos desexos
Ilustracións: Manolo Uhía

Un tren cargado de misterios
Ilustracións: Enjamio

A praia da esperanza
Ilustracións: Teresa Novoa

Fantasmas no corredor
Ilustracións: Óscar Villán

As flores radioactivas
Ilustracións: Miguelanxo Prado
Premio Merlín de Literatura Infantil, 1989

Contos por palabras
Ilustracións: Enjamio
Premio Lazarillo, 1990
Lista de Honra do IBBY, 1992
Premio Lecturas Galix, 2003

O laboratorio do doutor Nogueira
Ilustracións: Francisco Bueno Capeáns

Historias para calquera lugar
«As sombras do faro»
Ilustracións: Miguelanxo Prado

Cos pés no aire
Ilustracións: Miguelanxo Prado
PREMIO RAÍÑA LUPA, 1998

Malos tempos para os fantasmas
Ilustracións: Patricia Castelao

Últimos títulos da Colección Merlín
De 9 anos en diante

Un,
de Christine Nöstlinger

A contar ovellas,
de Elvira Pérez

¡Mamasiña, que medo! (2ª edición),
de Chus Pereiro

A encontadora (3ª edición),
de An Alfaya

Tres capitáns de tempos idos,
de Antón Avilés de Taramancos

A praia da esperanza (4ª edición),
de Agustín Fernández Paz

A marabillosa medicina de George (3ª edición),
de Roald Dahl

Álvaro e Álvaro (2ª edición),
de Xosé Miranda

Lorenzo Varela. Biografía e Antoloxía,
de Carlos L. Bernárdez

Fantasmas no corredor (3ª edición),
de Agustín Fernández Paz

Tarzán de goma,
de Ole Lund Kirkegaard

Lía e as zapatillas de deporte (3ª edición),
de María Reimóndez

Sopa de marsopa,
de Isabel Freire

PAlAbrAs brAncAs,
de Elvira Riveiro Tobío

Vouvos papar,
de Luz Méndez / Pere Tobaruela

Restaurante Farruco,
de Chus Pereiro

Mar adiante,
de María Victoria Moreno

A profesora Ripaldi,
de María Alcañiz Lorenzo

O *maquinista Antón*,
de An Alfaya

Mil cousas poden pasar. Libro I, (6ª edición),
de Jacobo Fernández Serrano
Premio Merlín, 2009

Ti non xogas!, (4ª edición),
de Silvestre Gómez Xurxo

Vaia tropa!,
de Antón Cortizas

Mil cousas poden pasar. Libro II, (2ª edición),
de Jacobo Fernández Serrano

O aroma do liquidámbar,
de An Afaya

Malos tempos para os fantasmas (3ª edición),
de Agustín Fernández Paz

O merlo de ferro,
de Antón Cortizas

O gato fantasma
de Xelís de Toro